억지로 그리지 않아도

억지로 그리지 않아도

김희란 시집

겹겹이 오지 않아도
덧대어진 만남 물보라로 영근다

늘 하늘 보며
생각하는 걸 좋아한다
맑으면 맑은 대로
흐리면 흐린 대로

크고 작은 울림에
미세한 떨림
걸어오는 햇살에
쏟아내는 그리움

깊은 곳에서 솟구치는
바람꽃 향기
때론 맵기도 하고
가시 등 다독여 주기도 한다

꼭 누르면 별빛 쏟아지고
그림 같은 얘기에도 흔들리는
꽃잎

스미는 향기
샘솟는 울림
작은 여백에 그리면
실바람이 물빛 가르며
한 자락 밀어로 다가 온다

쉽게 열리지 않는 문이지만
자꾸만 두드린다
흐르듯 노래하며.

김희란 시인

박덕은

호수 한가운데서 솟구쳐
하늘로 갔다가
다시 돌아온 지구의 노래

여리고 고운 감성들이
작은 봄동산을 이뤄
색깔들의 소리 심어 나갔다

어느 날 꽃들이 피고
벌나비 날고
생의 의미가 자리잡았다

학창시절 내내
오색 깃털로 짜여진
향기를 탐구하다가

동심의 텃밭으로 가
알뜰살뜰 교정의 노래
익히고 익혀 열매로 키워냈다

한가로운 여백이
계절 따라 밀려오면
그 위에 시심의 그림을 그렸다

어느덧
우아한 마음 드레스 입고
펼치는 시 낭송의 나래

사르르 모여든
미소 띤 우정과
행복의 깃발들

어깨 나란히
힘차게 펄럭이며
저리 희망찬 노래 부르고 있다.

김희란 시인의 시집 출간을 축하하며

차 례

1장

흐르는 겨울에 앉아
봄 기다린다

뒤척이는 시간

반쪽을 빚다

2장

무헌금으로도 꿈틀대는 윤슬처럼
뾰족한 갈증
쉼 없이 매만진다

3장

긴 여백 위로 떠도는 열정의 길이
울림으로 전해지는 무수한 노래

귀 기울이면

흐른다는 것

4장

굽이쳐도 쉼 없이
마르지 않는 줄기
영근 자유 멈출 듯 이어진다

1장
뒤척이는 시간

흐르는 겨울에 앉아
봄 기다린다.

무등산

순백의 포말 너머
세월의 간극 좁히기도 전
시퍼런 문 열어 햇귀 뛰어든다

빛바랜 시절 통한의 파수꾼
지우려 더듬거리는 날갯짓 너머
깊숙이 배인 잔상들
깨진 창으로 흩어진다

포효하는 갈퀴질에
속절없이 흐느끼는 꽃잎들
침묵의 빛깔만 새초롬히 바뀔 뿐
버성긴 공간 저 목마른 노래

음지에 악취 숨기고
절벽까지 간격 좁혀 와도
한 줄기 미동도 없이 치솟는 횃불
퀴퀴한 그을음이 부챗살로 퍼진다

쨍한 낮에도 나뒹구는 울분
구성진 격조 거침없이 이어지고
차오르는 광장의 끝없는 울림

물안개가 안과 밖 갈라놓아도
고운 음색 분주하고
초연한 기백으로 독백 빚어 굽는다

잿빛 하늘 파랗게 열리는 날
저무는 눈썹 초록으로 말아 올려
천둥 같은 묵언수행한다.

땅의 응시

멀뚱히 지켜본다
젖은 나뭇잎 누른 바큇자국
종종 걸음마에 앞축 닳는 소리
앞도 뒤도 정해 놓은 건 없어도
한쪽으로만 쏠린다

깊은 곳 파헤치다 기지개 켠 채
두꺼운 포장에 가빠진 호흡
소나기 지나가도 스며들지 못해
늘상 갈증의 동굴 뚫린다

측량하고
붉은 깃발 푸른 깃대 꽂는
영역 표시
울타리 쳐 못을 박고
갈기갈기 나누어 팔고 사고
값이 뛰었다 또 내렸다며
주름진 돌판을 수시로 바꾼다

숨바꼭질 하는 쓰레기
썩지 않는 것도 뒤척이는 것도
무수한 생명의 터
어둠 뿌리고 산성화 옷 입힌다

비닐 씌워 가린 눈에
지팡이마저 들려 주지 않는다

아픔이 굳어
바위를 낳는 건가
무더기로 노래하던 별꽃들
함께 어우러져야 할 집이
흔들린다며 아우성이다

알알이 부수어
점점이 늘어난 상흔
위도 아래도 쉴 곳이 없다며
땀내 적신 꿈들
다시 쟁기질 시작한다.

터

얼룩진 무기력의 상흔
연둣빛으로 아물기 시작하면
다시 집 짓기를 시작한다
나래 퍼덕이며 허리 펼 새 없이

땀방울이 안락한 터로 바뀔 즈음
쏴아 어디선가 솟구치는 불침
떠나지 않으면 다 태워 버릴 듯
불꽃 튀는 전쟁
자기만이 주인인 듯 행세하는
저 텃새

전장터엔
벼랑 끝 주검의 흔적들
살얼음 쨍 금가는 소리
갑옷 입고 빙빙
멀리서도 타들어 가는 아우성

언제부터 내 것이었고
네 것이면 안 되는 세상이었을까
처음부터 내 것이
아니, 네 것이 있기는 한 걸까

무얼 위해
어디로 사라지는지도 모른 채
끝없는 땅뺏기
영문도 모른 채 한껏 흔들리며

누구에게도 내어준 적 없건만
마치 주인인 듯 행세하는
저 뻔뻔함

어이없어
물끄러미 바라보는 대지
샛노란 하늘은 오늘도 아무 말이 없다.

그날엔

바람 부는 날엔 그림자 짙다
낙엽 한 장 회오리치다
쓱쓱 책장 넘기는 소리
헝클어진 신기루에 안긴다

그리운 날엔 거꾸로 센다
무에 이를 때까지
훌쩍 커져 구부러진 메아리 풀어
비탈진 온기
다시 손꼽아 기다린다

울고픈 날엔 옷깃 여민다
낮게 엎드려 헤매는 일상
구름이 훌쩍이다 흘린 방울
뺨 위로 주루룩

무심한 날엔 조약돌 하나 던진다
일렁이는 파문 헤아리다
슬픔도 지치겠지
그게 어딘가 헤매일
그리운 누군가에게로 가 닿겠지
그렇게 중얼거리며

외로운 날엔 산길 좇는다
반겨 오는 초록
그 뒤엔
잎새 하나씩 틔워
무성해진 숲소리
아픔이 클수록 진한 향기
발걸음도 어느새 짙어진다.

잊혀지는 것들

햇귀 부챗살 펼쳐 든 날
무풍에도 깊숙이 팔랑이는 돛
추억의 강 거슬러 오른다

달콤한 시선
안개 품에서도 굽이쳐
수양버들 걷어 주는 손길
수줍은 물무늬 절절히 그려내
뒤뚱거리는 조각배

바람 솟구쳐
쉼 없이 퍼 올려도
송글송글 열려
통통 구르는 말들

물길 가르는 노
뜨거운 심장 마구 휘저어
발화되는 순간
억새향 실은 오두막 한 채
변주곡으로 달려온다

살포시 안기는 유성
멈춘 시간이 그려낸
한 무더기 별꽃들.

질경이

길 잃은 바람 헹궈낸 여백 위로
노을이 떠가면
구멍 난 뜨락에 깜빡이는
저 울림

우지직
비명의 가파른 무게
언약의 하얀 푯말 되어 떠돌다
여울목에 겨우 자리잡은
긴 여운의 아린 숨결

지나가는 바람이 중얼거린다
깊은 수렁에도 길은 있고
둥근 달도 물속에서는 일그러진다고

기슭 끝에 헤매는 반추
다가설 수 없어
억센 팔 길게 뻗은 채
어정쩡한 걸음마로 한 걸음 한 걸음
생의 중심으로 나아간다.

소금의 비가

싸르륵 싸르륵
기운 듯 다가서는 손길에
마주친 하얀 미소

한 움큼 바가지에 업혀
후루룩 내달리면
저만큼 달려오는 배추꽃 향

어느새
풀죽은 목소리로 시들어 가고
이제는 숨바꼭질 속삭임뿐

때론 짜다며 싱겁다며
투덜대는 입술
그 생채기에 부러진 잔가지
행군 손길 펼쳐도 긴 터널 뿐

쉬어 가는 방법도
잊은 지 오래
부드러운 가림막 열어
즈믄 날에도 꺼지지 않는
저 매운 불씨

뜨거울수록 더욱 단단해져
무디어 가는 숨결에도
숨가쁜 시간의 굴레

죽어서도 썩지 못하고
심장까지 투명하게 굳어 간
그리움

따스한 가슴에서
올곧게 잠들 날 꿈꾸며
이 밤도 굳기 위해 다시 녹는다.

뒤척이는 시간에도

드러나지 않는 형체
그림자마저 감추고
끊임없이 확장해 가는 세력에
방패 두르고 연막탄 터뜨린다

어디에도 있고
어디에도 없는 존재
오만한 입에 자물쇠 채우고
이기적인 가슴 덮어
핏발 선 문 잠그려나

존재해도 보이지 않는 두려움
서로를 탓하기 바쁘고
태양 아래서도 짙게 드리워진 안개
서로를 향한 등불 외면한 채
치켜드는 저 오만의 콧대

흐르는 겨울에 앉아
봄 기다린다
그만 출렁이고
겨울 바다로 돌아가렴
꽃들의 미소 다시 볼 수 있게

겁먹은 눈망울
어리석은 생각 접고
바보 같은 소리도 닫으리

오지 않았으면 좋았으련만
붉은 경고 되새겨
서로의 상흔 보듬어 안으리.

잠수함

갈바람의 서툰 웅성거림이
바다의 심장 향한다

무엇이 우선인지도 잊은 채
미루면 순간에 사라질 열정이지만
녹일 듯 거세게 출렁인다

수직으로 헤엄치는 지름길의 유혹
자꾸만 빠져드는 하강의 늪

녹슨 얼굴에 비친 저 교감
쏟아지는 압력에서 벗어나고파
너울대는 충동 매단다

탄탄한 울림이 머물기 전
달궈진 색조로
추억의 정원 씻으면

뿜어 올린 두려움의 깊이로
원초적 해답 찾아
어둠을 포효하는 저 바다의 이방인.

아카시아

살금살금
잠든 그리움 깰까 봐
여명 품어 나선 산책길

샛바람에 실리어 온
뽀오얀 그 향기
담아 낼 수 없어

고이고이 가슴 가득
잠든 머리맡에
가만히.

만두

모양 냄새 색깔 달라도
찰지게 어우러진다

열두 폭 치마 휘도는 주름
살랑대는 오동통한 자태
눈가루 흩날려 녹일 듯
안으로 품는다

낯선 표정 한 줄기 살펴
온기 나눠 감싸 안고
곱게 단장한다

까르르 까르르
재잘거리는 웃음 소리
살포시 여민 모시 적삼
귀까지 이어진다

둥글게 어우러져
하나로 펼쳐 가는 세상

겉은 부드럽지만
애타는 속 터질라 마음 모아
몸부림친다.

깃털의 시간

소리 없이 내려도
한가슴 피어나고
바람 흐르는 오솔길
조바심 나래 접으니
그제서야 들린다

요람에서 새근거리는 아기 숨소리
자글자글 궁글리는 조약돌 소리
민들레 홀씨 기지개 켜는 소리
나풀거리는 이파리 휘파람 소리

살포시 들어 올리면
온통 조잘대다 춤추는
미지의 땅에서
사각거리다 씨익 웃는다

애써 감추어도
우수수 쏟아내는 것들
귀먹고 눈멀어도
설핏 스며들어 꿈틀거린다

돌고 돌아도
가만히
토닥이며.

금오도

파도는
콧대 높은 섬 깎아
천길 벼랑 세운다

뒤척이다 수없이 부서진
낮과 밤의 떨림 접어
출렁 출렁

인간을 사랑한 선녀
그 못다 피운 연정이
돌로 굳어 버린 옥녀봉

소슬바람의 숨결에도
바스락 바스락
타들어 가다 꿈틀대는
언약의 껍질
쉼 없이 쪼아대는 까마귀 떼

굽은 등 다 내주고도
더 주고 싶은 비렁길

뚝뚝 동백으로 화관 지어
울렁이는 뿌리 깊이
푸후 푸후
다시 심호흡을 시작하는 섬

바다가 내뱉는 소리까지
꼬옥 끌어안는다.

은방울꽃

바람이 눈감을 때
방울방울 하얀 초롱
살포시 하늘 뚫는다

비껴서는 초조에
추억 얹어
밀어 올리는 어스름

순백에 얹은 종소리
무수히 넘나든 떨림으로
새벽과 아침 사이 매만진다

하얀 얼굴에 고인
따스한 이슬방울
데구르르

빼곡한 외침에도
흔들림의 깊이만큼
맑은 음색 영롱하다

낯설지 않게 울리는
결 고운 숨결로
입꼬리에 쏟아진 온기

파르르 펼친 연민의 무게
다 그려낼 수 없어
무심한 여백으로 남겨져도

사색의 깊이만큼
가 보지 않은 세상
온전히 담는다.

파도

바다는 점점 기울어지고
깊이마저 꺼낼 수 없어
물끄러미 길 묻는다

마디마디 짜릿한 속삭임
부딪히며 달려와도
잠시 맴돌 뿐
걸음걸음 은가루 뿌린다

넘고 또 넘어야 열리는 길
자그마한 손길이어도
쉬지 않고 움직인다

벙그는 호흡의 장단
굽이치는 잔등 토닥이며
숨결 모아 저만치 간다

잘못 들어서면
새 문 되어
아장아장 섬 키우다가
사정없이 깎아 내린다

끊임없이 움직여
꿈틀거리게 하고
먼 곳도 가까이 세운다

끊어질 듯 구성진 가락
그늘 없는 바다에
스스로 그늘이 된다.

평면의 한계, 등고선

오목한 배 볼록한 등 꼬리 삼아
가다 보면
어디쯤에선가 만나겠지

굳이 가야만 하는 것도 아닌데
먹빛 경사 거슬러
숨막히는 절벽 떠돈다

줄이고 또 줄이면 녹아들까
바닥이 일어서야 맞잡을 수 있을까
마음 절인 바람 타고
산등성이 넘어간다

멀어질수록 완만한 호흡
가까워질수록 벌어지는 높낮이
담아내기 위해선
틀에 맞춰야 하는가

곡선이 내민 여운에도
마음대로 물러설 수 없어
익숙한 흐름 떠돌다
고고한 평면 두드린다

솟구치려는 마음 꾹 눌러도
덩그러니 갇힌 길
모호한 굴곡 뿐

오목한 계곡 따라
허물어진 세월 사이
어딘가에서 기다릴
그 발자취 되짚는다.

너니까

움츠린 생각
촉촉이 젖은 마음
훌훌 털고 일어나

스멀스멀 기어 나온 걱정일랑
바람결에 훌훌 날려 보내고
한 자락 봄비에 젖어 봐

언제는
삶에 거창한 이유가 있었던가
향기랑 어우러지면 그만이지

발걸음 무겁거든
휘파람을 불어 봐

그래도 버거우면
즐거운 순간을 떠올려
재잘거리며 웃어 봐

내달리는 발걸음 잠시 멈추고
하늘과 생긋 눈맞춤 해 봐

비워 둔 몸도 흔들리는 마음도
진정한 네가 아니야
살아 있다는 건 긴 물음표의 연속이니까

날갯짓 하듯 여문 땅속 파듯
그렇게 너만의 이야기를 만들어 봐

누군가 그리워지면
가만히 빗소리를 들어 봐

아픔도 친구야
함께 걸어가면 되는 거지 뭐

오면 오는 대로 가면 가는 대로
예쁜 마음 펼쳐 묵묵히 지켜봐 줘

굽이쳐도 파장은 남겠지
소중한 건 보이지 않아도 느낄 수는 있잖아

뒤돌아보지 마
사랑하는 것들이 넘어지게 할 수도 있으니까

마음을 읽어 줘
마음은 네가 아니야
너는 작은 바람에도 흔들리는 갈대가 아니라
생명 그 자체이니까

걷는 법을 잊어버리지 마
햇살처럼 웃으며 그냥 그렇게 가는 거야
늘 그래왔듯이.

고드름

고즈넉한 기다림의 향연
저 멀리
시작과 끝을 잇는다

속마음 내보인 민망함에
회오리치는 사연들
조바심으로 대롱대롱

받침돌 없는 낭떠러지에
거꾸로 선다

투명한 공중의 여정
바동거리는
저 몸부림

훨훨
날고 싶어
찬바람 속 헤매다

피어나지 못한
그리움의 무게로
온몸 얼린다.

시지프스의 꿈

헐떡이는 만 개의 호흡
떨어질 걸 알면서도
다시 밀어 올린다

끌어올린 만큼
구르는 속도 빨라지고
시간을 놓아 버린 손
쿵쾅 쿵쾅
천둥 벼락을 친다

오르기만 하고
돌아보는 것은 잊어
굳어 가는 등가죽
고갯길 사각지대 끝을
맨발로 대롱대롱

뚝 뚝
떨어지는 아픔 방울에
말라가는 감각들
벗어나려는 생각마저
잊은 지 오래

저만치 나가 떨어지는
흐릿한 존재감
삐걱대도 늘 그렇듯이
다시 오른다.

걱정

흔적도 모양도 없이
깊숙이 들어앉아
우울하게 만드는
너

으스름 달빛 내리면
그림자 마냥
또 그렇게 멀뚱히 지켜보는
너

새벽달이 여명 머금어도
하얗게 머물러
그 자리에 그대로 지키는
너.

오늘

동트는 새벽까지
반짝이는 별이 되고 싶다던
할머니의 내일 그리고
오늘

등불이었던 어머니 어려서 잃고
눈물 녹인 찬물 꾸역꾸역 집어넣어
꼬르르릉 울먹이던 작은 배
억지로 불룩이 채웠던
눈 시린 아버지의 어제
그리고 오늘

암각화 같은 어제도
찬란한 얼굴로
미소 지을 것 같은 내일도
또 다른 너와 나

앙금처럼 시간은 내가 되고
나는 시간 되어 함께 흘러 흘러
배시시 또 다른 모습으로 태어난
커다란 시간의 줄기여.

빈자리

달려온다
살풋 고개 내밀어도
잎 너른 음색 닿으려면
아직 멀었다

샾 음계 앞다툰 사람들
이즈막이 우듬지에 앉은 잎새들
뭐가 그리 급해서
갈라진 나무 뒤편에서도
앞서 오려 하는지

부드러운 숨결이 내어 준
텅 빈 음영 마주한다
사소한 아픔에도
은빛 풍경으로
한없이 작아지는 날

흐른다는 것의 의미는 무엇인지
젖은 마음 열어도
비껴가기 바빠 알 수 없는 것들
파드득 날아 올라도 만져지는 건
비틀거리는 껍데기뿐

가파른 언덕 너머
한아름 미지의 공간
방울 방울 다 쏟아내고도
금방 말라 버리는 꿈

걸음 걸음 연록빛 군무
녹슨 마음 녹여 주는 자리
그 울림으로
저만치 기다려 주는 너.

안경

가지 않으려 거꾸로 향하다
포롱포롱 여린 초점

종지부 없이 되돌아온
울렁임에도
닦을수록 빛나는 수심
그리움 깎아
흐르는 물에 담금질한다

씻기지 않는 가녀린 길
출렁이다
굽이굽이 휘돌고

지우려다
깨치려는 열망
제자리에 돌려주고
모난 빛 얼싸안는다

보고픈 것만 보려 드는 아집도
어우러지면
영롱한 나래
맑은 빛 품어 나부낀다.

바람과 창문

흐르는 하늘
아롱거리는
그대 창문이여
이제 열어 주오
목소린 시들고
눈길은 자꾸만 흐려진다오
반짝이는 건
그댈 향한 순정

그대 바람이여
애원해도 열 수 없어요
기우는 손길 마디마디
스치울 뿐
달콤한 입맞춤에도
어쩔 수 없어요
쓸쓸한 순간에도
잠시 머물 뿐
그리운 노래로 떠도는걸요
흔들리는 마음까진 감출 수 없어
자꾸만 덜컹거려요.

시계

펼치다 접은 무풍의 언덕 위
침묵이 졸고 있는
하얀 집

성미 번져 바라보기만 할 뿐
마주치면 외면하다 샐쭉
다가갈 줄 모르는 형제들

떨림이 내민 손가락
잡아 주는 이 하나 없다

바람꽃 스민
고요 서성거리다
쓰라려 굳은 팔로
째각째각

머문 시간 다가서는 순서
오던 길 되돌려 흘린
한숨의 크기

돌아올 줄 모르는 휴식처럼
거부할 수 없는 시간의 울림에
질주하는 무한의 길

조여 오는 설렘
함께하고 싶은 몸부림
누워서 여는 열두 세상아.

2장
반쪽을 빚다

무현금으로도
꿈틀대는 윤슬처럼
뾰족한 갈증
쉼 없이 매만진다.

이젠 혼자가 아니란 걸 아니까

언제부터 흘린 흔적일까
간절함 높이 걸어
대지 향한 살풀이춤
어제도 빛났듯
내일도 흥건히 빛나리

이른 산책길
설레임의 써레질에도
토끼 귀 우뚝 솟는 귀갓길에도
내민 손길 아랑곳없이 돌아설 적에도
깊은 눈길 열어 토닥토닥

밝을수록 작아지는 걸까
무심결에 훌쩍 커 버린 너
어릴 적 밤길 걷다 보면
저벅저벅 따라오는 게 무서워
엄마아, 거인이 자꾸 따라와 소리치며
뒤돌아보지 않고 뛰며 종종거렸지

땀범벅에 이 정도면 못 좇아오겠지
슬그머니 고개 돌리면
어느새 헐떡이며 길게 따라붙은 너
바삐 달리면 빠르게 느리 가면 늦게
한결같이 따라오는 너

때론 지긋이 지켜보는 눈길에
등불을 꺼 버린 적도 있었지
흔들리는 모습 드러내기 싫어서

넌 말없이 기다려 줬지
마치 다시 불 밝힐 걸 아는 듯이

오늘도 너에게 물어 본다
지금 걷는 이 길
가시에 찔릴 수도 있는데
함께 가 줄 수 있냐고

넌 싱거운 미소 한 자락 흘릴 뿐
당연한 걸 왜 물어 하는 듯
고개만 절래 절래

통통대는 물방울로 뒤뚱거려도
함께 흐르는 이 길
혼자만의 호흡이 아니기에
흙탕물 품은 속 너른 항아리로
길섶에서 잠시 쉬어 가는 바람으로
쓸쓸함 속삭이는 날이면
잠시 뒤돌아보리.

원, 지름 밖 세상

날아오르려 파닥여도
선 밖에 설 수도
그 안에 머물 수도 없다

점점이 여미는 사색
옴팍한 잔등의 굴곡에서
같은 거리 빙빙 맴돌다
익숙한 듯 내려앉는다

외다리 바람 사이 되돌아
쉼없이 구르는 나무팽이
한 방향만 마구 비집는다

반으로 접고 접으면
한 선으로 겹쳐질까
낮추고 낮추면
막힌 생각 열릴까

둥근 새장에 갇혀
벗어나려 솟구치는 외눈박이
닿을 수 없는 너를 본다

침묵마저 잃어 버려
찾지 못하는 떠돌이 섬
댕댕댕 생각시계 울린다.

틈새

풀잎 그네 흔들어
쪼르르
비집고 들어간 제비꽃
지친 바위 달래려
하얀 뒤란에 내리면

마른 이끼 품어
아랫목 꺼내 준
바위
길 잃은 풀씨
갈래 많은 등에 누인다.

자화상

밤그림자는 어둠 속에서
사라지는 게 싫어 눈뜨고 잠든다
가파른 호흡에도 깡그리 지워져
그 어디에도 없다

말라 버린 시선 던지다
평이한 일상 덧칠해 가며
울려도 뻗어나갈 수 없는 목마름
저리 그네 타고 있다

남동생의 탄생
고추밭에 터 팔았다며
환호하는 금줄 너머
아기 잠 깨니 나가 놀라는 성화에
말갛게 밀려난 움츠린 어깨
어느 순간 그림자로 어른거린다

나지막이 헤매는 풀씨
해거름 입은 구석에 박혀
허기진 경치로 사그라들어도
깃털로 감싼 봉창의 온기는
달려가는 외침에도 아득하기만 하다

왜 봐 주지 않느냐며
창백한 밤하늘의 하소연
네가 너무 어둡기 때문이야
어두운 게 누구 탓은 아니잖아
보이든 보이지 않든
그게 중요한 게 아니야
중요한 건 지금 존재한다는 거지
작은 빛에도 다시 드러나겠지
커지기도 작아지기도 하면서

기다리던 남아가 아닌 게
노력으로도 어쩔 수 없는
생명의 귀한 선물일 뿐인데
짙어지는 낯설음에
하루 해는 만개하여 길기만 하다

갈라진 지형에
붙잡을 수 없는 햇살
완벽한 침묵으로
이대로 틈을 이어 갈 수는 없다

진정 나를 찾아
달빛 속 여행 떠난다
깨어지고 부서져 없어져도
빛이 없을지라도
스스로 등불 밝혀 가리라.

조기

시끌벅적 시장통
모퉁이 돌면
시퍼런 소쿠리 위
조기 열 마리

살빛은 누르스름
표정은 제각각
덜컥 그물에 걸린
순간 그대로

함지박 깨듯 터진 아가미
삶 초월한 눈꼬리
껄껄껄
어처구니없어 웃는 입
샐쭉 올라간 입꼬리

놀라다 웃다 포기하는
마지막 표정
거기 우리가 오롯이 들어 있다.

유리창

구불구불
바람도 쉬어 가는
막다른 골목길
담쟁이 옷 걸치고
발그레 웃는 창문

무심히 던져진
돌멩이에 그만
쨍그랑

작은 돌멩이 하나에
영롱한 마음도
와지직.

부싯돌, 반쪽을 빚다

마주쳐야만 발화하는 점들
잔등의 몸부림은
한 곳만을 응시하고 있다

혼자서는
방울 하나 달랑일 수 없어
늘 부딪쳐야만 한다

무현금으로도 꿈틀대는 윤슬처럼
뾰족한 갈증
쉼 없이 매만진다

팽팽한 미리내는
밤 기다려
무성한 꽃무늬 자아내는데

보이나요,
달무리의 춤사위에 어리는
물결나비의 공중 부양

그대는
지금
어느 묵상 안에 있나요

혼자서는 발아할 수 없다
치솟는 부챗살 접어
엄숙한 몸놀림으로 부벼야만 한다

무거운 자취는 수행자의 고뇌
이 밤 보글거리는 물방울이어도
밀려왔다 밀려나가는 바람은
닳아가는 심정 헤아리지 않는다

들리나요,
봉실대는 불향기의 속삭임

그대는
지금
어느 돌무지에 있나요.

속삭임

눈부시다며 씨익 웃는다
날아오르는 물빛으로
신발끈 묶어 주며

그 순간
껄껄 웃는 눈망울이
출렁인다

수변길 지켜 주는 물그림자 되어
오랜 벗처럼 기다려 준다
산목련이 애타게 손짓해도
그 자리에서 그대로

물노래 버무린 휘파람새는
마르지 않는 줄무늬 곱게 자아내
옛 노래 두런두런 살포시 잇고 있는데

바람이 밀어 주는 오솔길
진달래 붉은 꽃잎 흠뻑 젖어
저리 진종일 떨고 있다
젖은 바위 위에서

슬며시 안아
처음 자리로 올려 주며
속삭인다

꽃잎 한 장 피워내려
그리 떨고 있니?
지는 꽃잎 떨쳐내려
이리 애타게 흔들고 있니?

새로운 만남도
떠나보내는 것도
모두 다
찬란히 떨리는 일인걸.

발걸음

엎어지고 깨지며
수없이 돋아난 발자국
무심한 줄기에 달아 내달린다

방황에 녹아내린 잎맥
바늘꽃에 찔려 허우적대도
역류하는 된비탈은 아랑곳없다

오솔길 등진 채
정상 앞 오르막 가만히 밀어 주는
싱그런 눈망울

눈물실 꼬아 휘도는 긴 터널
통곡의 메아리가
엎어진 박자 일으켜 세워 함께 간다

풍랑 여미며 솟구친 자맥질
굽이굽이 붉은 여울 흔들어도
보드랍게 다독다독 물길 닦아 누인다

발버둥칠수록 혹독한 갈림길에
파닥이는 박음질
수없이 돌아선 질긴 당김에도
지새는 달 긴 팔 뻗어 토닥토닥

노을 삼킨 뒤안길 나지막한 콧잔등에도
송송 영근 땀방울 실바람에 실어
물안개 닦은 우듬지에 그리움 걸어 펄럭 펄럭.

갯벌

모래톱 말아 올려
갯바위 씻어낸
눈물

뒤집는 삽질
마저 숨지 못한 꿈틀거림
세차게 건져 올린다

굵어진 갯내음
땅거미 밀어내면
내리쬐는 심호흡
촉촉이 바람에 내주고

굽은 듯 엎어져
발버둥치는 광주리에
석양 한소끔

향긋이 내디디는 고요
굽이굽이 그림자 흘려
목마름 들이킨다

마실 나간 엇갈림에
조바심 여는 물보라
잰걸음으로 달려오고

갈매기가 부리 다듬어 재잘대면
바다는
또 한바탕 술렁댄다.

어깨동무

꼬리 진하게 밟혀 뒤뚱뒤뚱
흙손이 자아낸 눈물 추상화에 흠칫
덧니 하나 새겨 마주하며 생긋

숨을수록 달게 치는
떡메의 무게 오르락 내리락
찰떡 한 덩이 나누어 올려보며
도담도담 찰지게 어우러진다

거침없는 질주에
얼레에 감겨
잘린 숨은 그림자
놓을 줄 모르는 연줄에 헉헉

허상 쫓다 버겁게 달고 온 짐
저만치 내려놓고
덧난 상처 가만히 내민다

따스한 어깨 내주며
다독이는 하얀 미소
햇살 품은 볼
물구나무에 상기 되어 날아오르고

꿈틀대는 땅거미
노을 늘어뜨린 나무에 올라
먼 산 합창에
별빛 모아 마음 담근다.

사랑 고백

사슴이 놀다 이은 하얀 실타래
바람꽃 향기 지펴
펼쳐 놓는다

돌탑의 그림자
땅 꺼짐마저 비켜서 쌓일 뿐
허물면 다시 제자리에

켜켜이 아롱진 눈길
햇살 삼킨 볼 앙다물어도
톡 터져 앞서고

까치노을 몸부림
수줍은 뿌리마다
주렁주렁

타오른 바람꽃으로
쓸어도 쓸어도
그대로 콩닥콩닥

어쩔 줄 몰라
치맛귀 여며
새초롬히

흔적마저 옹이에 꼬옥
노을진 산그림자 굵게 삼켜
돌을볕 함성으로 마구 달린다.

산사

채우려 할수록 비워 가는 마음
황량한 몸짓 다독여
바삭이는 잡음 씻어 파고든다

결 고운 그늘 내어준 가슴
싱그런 밀어 저만치
바람보다 앞서 사연 털어낸다

발자국의 향연
달빛 흔들어
그림자조차
가시 누인 풍경 소리

낮은 곳 향하는 묵언의 수행
팔랑이는 진공 속에서
속세의 꼬인 줄 풀어 곱게 동인다

백일홍의 굽은 미소
누구를 기다려 저리 타오르는지
펼 수 없는 주름진 얼굴
별빛 주머니 뒤집어 녹인다

천년을 기둥 삼아 머리 올린 암자
꽃구름 밀려와 속삭여도
층층이 마음 포갠 기왓장
작은 떨림마저 거부한 합장에 먼동 튼다

바람 저민 처마 까치발로
무채색 허공 향하는 굴곡진 외침
염불하는 솔향 끝이 무시로 가볍다

울림은 형체도 색깔도 지워
각진 마음 풀어헤친 목탁 연주에
산자락 가득 하늘빛 된다.

계란

산모롱이 품은 어둑새벽
찬서리 밟아 아롱진 흔적
거문고 술대 켜 따스이 품는다

부싯돌 알갱이 쥐락펴락
바람이 밀어 주는 오름길 따라
살포시 핀 인연의 꽃

버선발로 달려오는 꽃가람 한소끔
다독이는 발길마다
되돌려 흘린 휘파람으로
펼치지 못한 입술 한숨에 녹인다

후욱
갓 구워 꽁꽁
황톳마루에 꿈틀대는 향기
엉긴 줄기 뻗어 휘감는 여명

서슬친 나래
온몸으로
호롱불 심지에 안겨
꺼질 줄 모르고
포실거리는 머리털 데워
함께 나부낀다

행여 그 마음 식을까
만지작 만지작.

넝쿨장미

서녘 햇살 머금어 붉게 물들고
초록 넝쿨 안아 마구 흔든다
가지 말라고

창백한 그림자에 누워
헝클어진 머리 살포시 감싼다
여기 있으라고

스치듯 다가서는 찬바람
회오리 만들어 보낸다
부디 잘 가라고

그리움 굳어 아린 몸
선홍의 음으로 외친다
함부로 만지지 말라고.

마음

향기만큼일까
나부끼는 피리 소리

달개비 스미면
맑고 푸르게

함박꽃 입술 부비면
눈부신 햇살

생긋
눈높이 맞추면
고갯짓 한 소절에
미소 녹이는 솔바람

요동쳐 나부끼면
무채색일 때도 빛나

그대로인
마지막 하나일지라도

색깔도 없는 것이
진득하기만 하다.

인연

가만히 밀면
흠뻑 젖은 파랑
넘실대는 발걸음

함초롬히 돋아난 미소
깃털 세운 항해로
따스히 녹인다

달무리 가득
고개 젖힌 마음
오물거리며 팔랑이다
그리움 하나 살포시 포갠다.

코스모스

소소하게 전해오는 향기
출렁입니다

꿈틀대는
잎새의 몸부림
젖어도
바람 품 파고듭니다

창공이 아니어도
굽이치지 않아도
에돌아 흐를 뿐

날아오르고 싶어
긴 다리로 나래 펼쳐
빗방울 왈츠에
춤사위 너울 너울

손끝마저
곱게 적신 추억
하늘 향한 눈망울
영급니다.

물방울

쏠려 가는 표정
알알이
수직으로 매달릴지라도

반짝이는 허무 품어
곧은 온기 그대로
꽃망울 부풀린다

보고파 망울망울
더 이상 참지 못해
톡

젖은 숨 고르는
자유로움
홀로 우뚝

서리서리 얽힌 빈터
목마름 채워
낮은 곳 향한다

모아지면 커지고
흩어지면 다시 제자리로
휘저은 파문 너머 출렁인다.

그곳으로

꽃물 가득 추억 안고
스르륵 빨려든다
그곳으로

팔랑이는 노랑나비
우수수 내리는
그곳으로

잎새인지 나비인지
도무지 알 수 없는
그곳으로

흐르는 소슬바람
그네 타는
그곳으로

노래 사이 누비다
미소 팔락이는
그곳으로

하르르 물무늬 나부껴
느낌으로 다가온
그곳으로

수줍은 가을이
가만가만 꿈꾸는
그곳으로

바스락 바스락 달빛
문풍지에 속삭임 그리는
그곳으로

춤사위 날아올라
알알이 반기는
그곳으로.

간다

벗어나기 위해
간다

불쑥불쑥
잡념에 숨 막힐까 봐

이유도 모른 채
시간의 망각에 갇힐까 봐

끝도 시작도 없이
허우적허우적
밤 헤매다 낮 뿌리칠까 봐

긴 자갈길 뚫고 내린 뿌리
하얗게 잊고
순간 화려한 꽃에 눈멀까 봐

속살대는 불빛에
문풍지 여며
취할까 봐

하늘빛 머금어
가만가만 다독이며
간다

뱅글뱅글
휘돌아
간다.

나목

바람 끝에서
낮아지는 하늘 본다

무수한 길이 껍질로 내려
뿌리 타고 잇는 이야기처럼
흙속으로 파고든다

갈라지는 자락에
날아오르는 선율
출렁이는 산자락 품어
체온으로 나이테 새긴다

온몸으로 지켜 주는 가지
쉼표 떨구더니
초승달 같은 여백 위로
마지막 아픔마저 놓아 준다

단풍 같은 사랑
짙어질수록 메말라 가고
돌탑에 흐르는 추억
책갈피에 끼워 놓는다.

날개

여름 끝자락
햇살 콩콩 찧어
빨갛게 꽃물 들이는 날

무명실 묶던 엄마의 말
네 몸엔 날개가 자라고 있어
언젠가 다 자라면 날아갈 거야

숨은 나래 찾아
별빛으로 일렁이다
당산나무 그루터기 맴돌고
나비로 꽃대 누비길 몇 해

앞마당 장독은 잘도 익어
수런대는 시간의 깃발 향하고
보이진 않아도
훌훌 날아 오르는 그 구수한 장맛

훌쩍 둥지 떠나는 날
엄마는 토닥이며 말한다
우리 딸 날개 참 예쁘다
가고 싶은 곳 어디든 훌훌 날아가거라
날다가 힘들면 언제든지 돌아오렴

하얀 날개는
눈송이로 흩날리더니
자꾸만 엄마 품 파고든다

쏟아지는 빗방울에
지쳐 파닥이는 날이면
양갈래 머리로 날갯짓하다
먼 산 아지랑이에 새록새록 잠든다

솟구쳐 계절의 중심 향하다
세월의 등살에 너덜너덜
이마에 흰 실타래 지나가도
엄마 어깨에 기대면
새 날개가 나오려는지 가렵다

네 몸엔 날개가 자라고 있어
언젠가 다시 날게 될 거야
엄마의 목소리가
움츠린 어깨 위로 말갛게 번진다.

너를 보내며

문득 날아온 비보에
흐드러진 들꽃 향기만 남긴 채
홀로 훌쩍 가 버린 너

스산한 바람은 물기 어린 손으로
하늘 끝 꼬옥 잡은 채
시린 옷고름 들썩인다
너울대는 가슴결에 추억 꼬옥 파묻고서

토마토 빛 열기 헹구어
굽은 그림자 길게 펴던 날
바위 등허리에 달팽이처럼 앉아
휑한 눈 붉게 적시던 너

달려가다 되돌아오는
몽돌 같은 재잘거림
시간의 고삐 풀어내리면
정 깊은 이야기꽃 피우던 친구야
너는 지금 어느 기차 탔니

등 푸른 침묵 깨고
막다른 골목에서 속삭였지
잘 지내

너는 그대로네
움찔거린 대숲이 뱉어낸
백 년 만의 하얀 독백 같은 중얼거림
서로 달리한 마음의 체중 덜어냈지

소박한 울림 내려앉는 어둠 속
창백한 미소가 내뿜는 숨소리
세월 뒤척여 고단한 단잠에
신기루 같은 리듬 타고 내리다
엄마 찾는 아이로 누운 너

그땐 왜 몰랐을까
누군가 먼저 떠날 수 있다는 걸
까마득히 증발되어 허둥대는 맥박에도
겹겹이 솟아올라 뭉클한 기둥
못다 한 이야기 그대로 남겨둔 채
홀로 별이 된 너

밤새 실타래 같은 편지글 뽑아
매화향에 띄워 보낸다
봄 햇살 한가득 걸려 있다
저리 둥근 그리움으로 노랗게.

콩나물

부동 자세로 빽빽히 닫은 눈꺼풀에
가냘픈 몸통 하나뿐
설레는 가슴은 그 어디에도 없다

감정의 밑바닥 투시한 공간에서
펌프질할 때마다 부풀려지는
추억

어째서 바둥거려도
벗어나질 못하는 건지
더듬거리는 목소리까지도

생각일 뿐 뱉어내지도
어슴푸레한 운명을 바꾸지도 못한 채
두 가닥 사이를 필사적으로 구르는
서로 다른 생각의 한계

일렁이는 선율은
잡힐 듯 막연한 흔적 찾아
밀집된 기둥마저 닫으려 드는
한 자락의 구멍 뚫린 벽

선택할 수 없는 조건의 틀
무엇이 진실인지도 잊은 채
누렇게 익은 표정 저 너머에 머문

구부정한 몸체들의 자화상
서로를 탓하는 저 뻔뻔한 연민

수시로 퍼붓는 찬물 세례에
정돈된 수면마저 취할 수 없어
펴지지 않은 채 되짚어보는
진실의 고백들

꽃 피워낼 수도
씨앗 맺어 퍼뜨릴 수도 없는 신세
빛마저 가린 베일 털어내
잔뿌리에 매달린다

중얼거리듯 서로 부둥켜안아도
채워지지 않는 물의 기억
익숙한 체취로 일으켜 세우고

좁아지는 숨 참으며 되묻는다
왜 서로에게 의지해야만 설 수 있는가
도대체 누굴 위해
이토록 잔인하게 길들여져야만 하는가

전율하는 눈빛 사이로
주문같은 노랫가락 퍼지면
콩깍지 벗은 나물 되어
살포시 새벽 두드린다.

3장
귀 기울이면

긴 여백 위로 떠도는
열정의 길이
울림으로 전해지는
무수한 노래.

울 할머니

수양버들 접은 손가락 펴들고
이랴 이랴 워 워
세월 갈아엎는 쟁기질 한 소절

흙덩이 붉은 침묵의 대지에
누렁이만 덩그런히 남긴 채
아지랑이 속으로 바쁘게
오던 길 되돌아간 할아버지

젖은 뻐꾸기 노래는 땅속 헤집고
발버둥치던 누렁이 눈꺼풀 짓물려도
바람에게 전할 마지막 인사마저 잊은 채
갈대밭으로 가던 날

새까만 하늘이 내려앉는 걸 보았어
어서 오라고 연신 손짓하며
혼자 살아서 뭐 한다냐

침상 옆 밥상을 장승으로 만들어
며칠을 천장과 평행선 긋던
할머니의 꼭 다문 눈가에는
연신 진눈개비 쓸쓸히 흩날리고

산송장 치르겠다며
삼촌이 할아버질 꼭 닮은 말
안겨 주던 날

내 몸도 귀찮은데 뭔 짓이냐
까맣고 눈매 깊은 게 낯설지가 않아
혀 끌끌 찬다

밭이 매워 그런가 고추가 유독 매워
그래서 내 팔자가 이리도 맵다냐
하기야 매워야 고추지
묵은 김치 박박 찢어 투구 씌우듯
숟가락에 올리던 할머니

너는 내 가슴에서 태어났어
덩치는 크지만 꼭 강아지 같애
다가서면 뾰족한 입 내밀어
휘잉 눈맞춤하는 게 누굴 쏘옥 빼닮았어

하늘 한 번 쳐다보고
말 한 번 쳐다보는 그 눈빛
보고픈 만큼 서로를 애틋이 닮아 가고
밭이랑 고르는 햇살이 참 곱다.

기차

생각 없이
행선지도 모른 채 달린다
기다란 몸이 땅에 닿을수록
신비한 대지의 소리 듣는 뱀처럼
시간의 꼬리 칸칸이 싣고
얇은 헌책 한 권에 몸 맡긴 채

기다림의 깊이만큼 흐르다
긴 여백 위로 떠도는 열정의 길이
울림으로 전해지는 무수한 노래
싱싱한 흙내음으로 마음 헹구며

전율같이 미끄러지는 고요
소리 없는 노래로 잠들어
호흡 끝에 매달린 빗방울로

지나가는 풀잎이 소리친다
시간의 늪에 갇혔어
허우적댈수록 점점 빠져들 거야

언제든지 날아오를 수 있는 바람으로
굴레를 지워 버리고
지금 이 순간을
마음껏 호흡하고 싶어 떠나는 거야

굴곡진 산의 뜨거운 심장으로
출렁이는 강의 부드러움 적시어
들판 가르는 기적 소리 흩뿌려
단지 지금을 노래할 뿐

어제의 그 길이 오늘이 아니고
오늘의 구름이 내일이 아니듯
나를 만나러 달리는 거야.

수선화

노오란 밤
서럽게 지새우며

어둠을 배회하다
긴긴 겨울 참아낸
흙내음 뿜어 올린다

수줍은 꽃잎 여명에 안겨
오늘이 마지막인 것처럼
햇귀 들이켜 청초한 입맞춤 한다

나무 등걸에 매달려
뒤척이는 표류
그 진한 속삭임으로
하염없이 기다리는 여심

연륜의 깊이만큼 접힌 꽃대
못다 피운 꿈틀거림으로
가만히 단꿈 지켜 주고

긴 설레임이
찰랑이는 휴식 찾으면
오롯이 너만을 위한 정원에
하늘 여는 호흡 펼친다

펄럭이는 마음 벗어두고
문득
내면의 부르짖음에 귀기울인다

아직은 떠날 때가 아니야
봄은 멀리 있지 않아
마음 머문 바로 그곳에 있어.

너는 아니?

보슬비가
보슬보슬 걸어오는 이유,
찬란한 너의 향기에
머물고 싶기 때문이라는 걸

돌들이
탑 쌓아 가는 이유,
높은 데서 떨어지면 아플까 봐
받쳐주기 위해서란 걸

목련이
서럽도록 하얀 이유,
더 이상 녹일 수 없어 굳어 버린
그리움의 결정체란 걸

은빛 안개 속에서도
나비가 서럽게 날아오르는 이유,
눈물이 꽃둑 넘쳐
더이상 버틸 수 없어서란 걸

작은 바람에도 잎새가
저리도 흔들리는 이유,
무심한 네가 모르고 지나칠까 봐
온몸으로 소리치고 있단 걸

물빛이
하늘만큼 푸른 이유,
너의 노래가 강 휘저어
마구 설레게 한 때문이란 걸

밤하늘이
바위 속 같이 어두운 이유,
서로를 밝혀 주는 별을
깨우지 않아서란 걸

꿈꾸는 꽃잎이
잎새와 함께하지 않는 이유,
추억의 깊이만큼
이별의 아픔이 크기 때문이란 걸

여지껏
내가 살아가는 이유,
싱그러운 너의 미소가 시들까 봐
지켜주기 위해서란 걸.

은행나무

흘러갈 뿐
나이 잊은 지 오래다
그녀 자신도

젖몸살 앓던 유주
치렁치렁 매달고
세월에 솟은 검버섯

첫날밤에도 볼 수 없는 신랑 모습
청사초롱 뜬눈으로 지샌 밤
새색시 쪽두리는 녹슬어 구르고
풀지 못한 옷고름은
어느새 너덜너덜

색시 신랑은 그림자 신랑이여
가끔 개천에 나타났다 사라지지
기다리는 건 괜한 헛수고여

설레설레 손사레 치는
옆집 할머니 볼멘소리에
밤새 어깨 들썩인다

개천에 담긴 야속한 그림자
얼마나 찾아 헤맸던가
해 뜨면 뜨는 대로
달 지면 지는 대로

아빠 모습 몰라도 해맑은 눈동자들
반가움에 앞서 붉어진 눈시울
속도 모르는 바람이
수군거리기를 수년

나이테 한 획씩 당길 때마다
세월에 긁힌 손마디에
굵은 핏줄 연이어 솟아오르고
송글송글 이 빠진 머리털은
햇볕도 제대로 못 가린다

귀 닫고 눈 질끈 감고 지내온 세월
깨진 옹기 뚜껑처럼 야속해도
멀리서 가까이서 반기는
자손들 생각하면
언제 그랬냐는 듯 흐르는 미소

그때는
연극의 마지막 대사처럼 아쉬웠어도
지나고 보니 다 뜬구름

어제의 그 꽃
다시 볼 수 없어도
새 단장을 한 꽃은
또 다른 향기로 다가온다

문득 고개 드니
어디선가
주름진 그림자 하나
은은히 겹쳐진다.

울 어머니

무수한 조잘거림이
나부끼다 머문 자리마다
뽀얗게 익어 간다

보드레한 실바람의 선율
느리지만 당당히 움트는
옹알이 토닥토닥

연신 이어지는 오솔길
그려낸 풍광 따라
더듬더듬 생각의 길 바꾼다

초록이 부화한 낮은 둥지
생채기 움푹 패인 진자리 말려
해쓱한 마음 가지런히 덮어 주고

울타리 밖 그루터기에서도
향기는 해맑게 노닐어
단비 한 모금에도
또 다시 부풀어오르는
저 지평선

억만겁에도 한없이 고요해
시큰거려도 생긋 접는 주름
저 대지의 미소.

빈집

저물어 가는 돌담 타고
고요의 꼬리 흔드는
백구의 선율

철 지난 언약 켜켜이
어스름의 투명한 외침
빛바랜 거미줄에 덩그러니 걸린다

뜨락 가득
젖은 향기 들썩이던 날
나부끼듯 쓰러진 할아버지

끙끙대며 깨워도
붙잡을 수 없는 여운뿐

마른 장작은 널브러지고
다 가져가지 못한 옛 이야기들
휘저어도 줄지 않는 잡초처럼
노란 적막 헤집는다

손수 심은 배꽃
밑둥까지 다 쏟아낸 상흔
주인 잃은 햇살에도
벙글어지는 뽀얀 꽃등

멈춰 선 둥지
거꾸로 흐르는 툇마루
놓을 수도 붙잡을 수도 없어
무너진 담장 사이 누비는 추억

푸석이는 토방에
방울방울 연등 밝혀
멀뚱히 지키는
보랏빛 그 눈동자.

장수풍뎅이

장맛비가
잠시 목소리 누인 오후
온몸으로 힘겹게 연주하고 있다

그물망에 걸린 것 같다며 울먹였다
어느 날 불현듯 남편 잃은 갓 서른
철없이 반짝이는 자식들
어떻게 지켜내야 할지 모르겠다며

오르지도 내려가지도 못한 채
방충망에 뾰족한 발가락 끼우고
누구를 그토록 그리워하다
높은 베란다까지 온 건지
다리 하나는 어디서 잃어 버린 건지
가쁜 숨 헐떡이고 있다

너른 그늘에서
맘껏 누리고 살다
최전선에 뛰어들어
불현듯 시작한 통닭 장사
퍼올리는 뜨거운 기름에
잠잠할 새 없던 손등
부어오른 만큼 마음 줄 동여 여미고

길 잃어 수액마저 말라 버린
이곳에서 버둥거린 지 오래
기다리는 가족이 헤매일 거리는 얼마일지
뭉툭한 더듬이 연신 발름거린다

잠시 호흡 조절하다
약한 부분 얼싸안고 다시 중심 잡는다
바람에 머리 맡겨 한 걸음씩
흐릿하지만 빛 향해 나아간다.

거기

석양 흔들리고 폭풍우 치는 날
고추잠자리 한 쌍
웅크려 고단한 나래 찢겨도
움찔움찔 앞서거니 뒤 서거니
서로의 어깨에 기대었지

붉은 이파리 휘도는 바람
꽃내음 여미며
또 다른 방향으로
흔적 없이 실어 가고

층층이 다진 정적에
응집된 쓸쓸함 실어
오늘도 홀로 징검다리 펄럭인다

추억 사이로 흐르는 구름
하늘 모롱이 돌아
휘어진 그림들 마구 굴려둔 채
떠다니는 섬으로
바람의 언덕 찾아 누빈다

낯선 물그림자의 독백
뭐든 생각에서
백합도 피어나고 파도도 달려온다

순간은 불완전한 조각
진정 열망하면 스스로 찾아 낼 수 있어
선택의 힘이 있으니까
아름다운 사랑도
그 만큼 아픈 이별도

꿈꾸는 이의 도시는 푸르다
익어 가는 열정이 퍼뜨린 씨앗
빗장 여는 발아의 단아한 외침에
취한 듯 미완성의 손길
변주곡의 음색 실어 투박해도
고요의 향기 가득 담는다.

거울

기댄다
다 채울 듯
탈바꿈한 외눈
말하는 것도 잊어 버린
타인의 입술
숨쉬기 버거워 꿈틀거린 코
지워져 파닥이는 귀

뒤뚱거리는 일상
그 어디에도
온전함이란 없다

더듬거리다 잰걸음
일그러진 순간에
더 빛나는 미소

두려움의 초라한 발길질에
얼마나 많은 상처
주고받은 건지

깊숙이 들여다본다는 건
솔직한 용기
젖은 빨래 눅눅한 하루
뒤집어 말리는 것

담금질하다 멈춘 쇳덩이
어리숙하게 굳어 버린
철 지난 외눈박이 시간들
장롱 깊숙이
벗어 놓은 허물로 쌓이고 있다

손때 묻은 추억
수많은 이름 얹어 차곡차곡
가슴앓이하는 저녁놀
보랏빛 실뿌리 다듬고

낯선 이가 꽃대에 걸리면
병풍 두른 조바심이
촛불로 깜박 깜박

다 끝내지 못한 연주
비워야 빛나는 삶
뚜껑 덮인 반짇고리인 양
답답하다

잃어버린 반쪽 찾아
뒤뚱거리는 걸음
마주하지 못한 채
쓱쓱 닦는다.

장화

풀죽은 사과빛 얼굴
추적추적 빗방울 타고
찻길 누빈다

막막하게 더듬거린 나래
흙탕물 짓이긴 발굽으로
땀방울 쿡쿡 휘젓다
지끈거린 무릎 세워
짐칸에 대롱대롱

어디로 흘러가는지
어떤 숨가쁜 길 헤매는지
어둠이 가만히 쓸어내려도
텅 비어 부유하는 불안감만 가득하다

점점 얇아지는 생의 키
바둥거릴수록 빛바랜 갈림길에
우묵해진 껍데기의 미열
바작바작

황갈색 두건 질끈 감아도
벌집 송송 뚫리듯
무감각해진 영혼 거두어
사라질 운명

닳고 닳아도 마지막까지
제 역할 다할 뿐
아쉬움도 후회도 없다
꽃들이 매일 피어나고
말없이 또 그렇게 사그라지듯.

귀 기울이면

땅 베고 누운 나무
등 뒤로 흐르는
급류 소리 들린다

뿌리도 이끼도 비켜
향하는 곳은
그 어디인가

번져 가는 잉크처럼
줄줄이 떠도는 꽃향
잠시 스칠 뿐인데

어느새 저만치
못다 한 마지막 이야기는
그 무엇인가

진정 흐르는 건
나뭇잎일까 강물일까
아님 너울대는 시간일까

창밖엔 아직도
새벽이 풀숲을 뛰어다니는데
멍한 종소리에도
종탑은 자꾸 곤두선다

찬연히 피어나는 아침
혼자 힘으로 온 듯
철없이 눈부시기만 하고

귀 열고 허리 등져도
땅의 노래 들리지 않아
공허한 약속인 줄 알면서도
조심스레 두드린다

잠시 머뭇거리다
살풋 마음끈 풀어내는 소리
바스락바스락
매 순간이 마지막인 듯
소곤소곤

가까이 있어도 느끼지 못하고
단비도 산들바람도
모두 지나쳐 버리는 아집

실체같이 무성한 향기는
찬연한 웅성거림에도
천둥 소리 향하여 늘 구부정하다.

커튼

해질녘엔 눈꺼풀 접는다
찬란했던 한낮
이글거리는 내음과 부질없는 빛으로부터

그리움이 부르면 닫는다
어설픈 넋두리에도 끊임없이 내미는 외침
씻어내려 발버둥쳐도
돌아서면 커지는 소리

멀뚱거리는 별빛도 가만히 닫는다
네가 아닌 나를 향한 까치발에
수척해진 초승달
어둠 속 배회한 조바심 덮으려고

고요의 밑바닥에서 투영된 나를 본다
부질없는 잡념들
허기 채우려 배회한 회한
허상일 뿐이다고 외치는
퍼석한 몸부림

스스로 키워낸 응시로 찾는다
얼마나 왜곡됐나
얼만큼 빛나게 다듬었나
비울수록 다채로운 울림
한 곳만을 바라보며 읊조린
낯선 흔적이 걸어온다

그래 그럴 수 있어
비틀거리는 생각에도
따스한 이불 덮어 주자
편히 쉴 수 있도록

빈자리 가득 은은한 향기로
은비늘 기워 다시 길손 맞는다.

가을 들녘

햇살 눌러 쓴 어머니
스스로 화폭에 들어간 계절의 정원사
도리깨질 펄럭이는 깻단마다
웅성웅성 들깨 내음 고소하다

까치선 다듬이질 춤사위에
흐드러진 들꽃향
뒷산 무덤 언저리 시묘살이 움막
홑이불 출렁이는 허연 눈물 위에도
시리도록 구성진 산염불

그 흐르는 타령이 돌밭 넘으면
얼룩진 자국에 젖어드는 단꿈
윤기나는 비질에
맴도는 참새들 배종배종

상강 즈음 팥 털던 날
시름 시름 앓다
들꽃으로 피어난 막내딸
단내 나는 뺨은
움푹 고여 젖은 시간

해거름에도 짖어대는
설움 머금은 도라지꽃
파리한 핏줄로 돋아나고

빈 하늘 가득
보고픔 붉게 물든 까치밥
그 심정 누굴 닮아가는지

갈바람에 밟혀
널브러진 그리움 넝쿨
거기 얽힌 어머니 등
하얗게 지평선에 걸쳐 있다.

그 아이도 나처럼

저 멀리
하늘 반대쪽에서
빙그레 웃고 있을까

풀잎 위에서
가만가만 젖어드는
초록비 좋아할까

숲을 향해
지저귀는 새들과
화음 맞춰 노래할까

하늘과 눈맞추다
하얀 미소 날려 보낼까

너덜너덜해진
내 보랏빛 시집을 좋아할까

생긋 간지럽히는 꽃향기에도
지그시 눈감을까

도란도란 속삭이는 꽃잎에
살포시 입맞춤할까

솟구쳐 내리뻗는 햇살에
반갑다고 팔 올릴까

나무 뒤로 생긋 숨는 노을과
숨바꼭질 할까

졸졸졸 조약돌이 읊조리는
예쁜 시 좋아할까

고요 묻어나는 뜨락에
함초롬히 시의 꽃씨 뿌릴까.

자취를 찾아

볼우물 가득 고인
꽃가람 소리
사르륵 사르륵
걷는 듯 멈춰 선 듯
제 자리인 듯

풍란의 초롱 엮어
시나브로
모롱거린 발길

함께라 견딜 수 있음에
눈부신 날들이여
오묘한 빛으로 다가온
오색 기다림이여

엷은 미소에도
파닥이는 심장
여우볕 언저리에서
너울너울

무수한 느낌들의 향연
달빛 아래
꿈틀꿈틀

저무는 빛 덧대어
제 자리 맴도는
표주박도

어스름 적신
달무리의 나지막한
연가도

끝없이 다져진 두께로
영혼의 무게 덜어내며
지렛대 힘껏 밀어 올리고 있다.

강물처럼

온몸으로 일렁인다
작은 거품에도 피어올라
닫힌 창 여는 물보라로

떠나보낸다
햇살 껴안은 그림자에
빛나는 윤슬의 밀어 띄워
심장에 채 닿기도 전
내일은 없다며 녹아 버린 숨결로

가까이 가면 조용해지고
멀어지면 다시 일렁인다
끊임없이 주절대는 되물음

깊은 만큼 소롯이 열린다
닿는데 시간이 걸릴 뿐
주저함 없이

흘려보내는 생각들
잠시도 머물지 못해
소용돌이치는 여울

순리대로 갈 뿐
어두우면 어두운 대로
빛나면 빛난 대로
그렇게.

플라타너스

무성한 잎새들의 합창
어스름 녹여 하루 헹군다

내어 준 둥지
오래된 밑둥에 주렁주렁
수줍게 열린 사랑 노래

풀벌레 소리에
깃 세운 내음
사각사각

진홍의 쏠림에
갈색 눈빛 흔들어
버티어 온 몸부림

등 굽은 가지마다
새들은 꽃으로 피어나
야트막한 바람결에도
지지배배

불어오는 한소끔 노래
꺾어진 발걸음 어루만져
펄럭임 추스리고

구름 등걸에 앉아
누굴 기다리는지
진종일 팔랑 팔랑.

그리운 시절

내 나이 열여섯엔
계절이 나를 지축으로
노래하고 출렁이는 줄 알았지
작은 새 소리와 라일락 향으로
하늘하늘 꿈을 그렸지

모처럼 명화 만나는 날이면
진홍 꽃술로 잠시 헤맸지
밤새 아련히 이어지는 정경과
은은한 멜로디에 어우러진 춤사위
목마름에 달려가는 달빛이
불꽃으로 마구 흔들렸지

얼른 불 끄고 자거라
부모의 걱정에도
새초롬한 불빛 틈으로
만났던 영롱한 언어들
책 속의 주인공으로
바람의 떨림 움푹 파고들어
밤새 다른 세상을 마음껏 여행했지

휴일 집안 일 도우라는 말 어기고
고양이 잰걸음으로 버스에 올라
친구들과 자줏빛 화음으로 어우러지다
잿빛 되어 어슬렁 어슬렁 들어가

저녁밥 대신 야단을 배불리 먹곤 했지
새침한 표정으로 삼킨 눈물 위로
녹아드는 추억이 키득키득 웃고 있었지

이따금 아린 무언가 줄타기 하다
앙증스런 몸짓으로 굴렁쇠 굴릴 때면
따사로운 햇살로 다가와 쓰담쓰담

그때로 돌아간다면
다시 웃을 수 있을까
다시 설렐 수 있을까.

구멍

아낌없이 다 주어야
비로소 드러나는
울림의 미소

허름한 풍경이어도
알아간 그만큼 일렁일렁
가뭇없이 버둥거린다

말간 여심에 흐르는 파장
형태도 모양도 없이
떠도는 먼지로 굽이 굽이

아픈 껍질이어도
흔들리는 길이만큼 쉬어 가는
진동 뒷걸음치며 사위어 간다

점점 얇아진 공간
휘돌다 빼곡히 박힌
높낮이의 추억들

뿌연 엉킴에도 진득한 풍경
멀어질수록 자유롭고
깊어질수록 침묵한다.

세량지

뿌리째 몸 담그면
그 사이 빙빙 도는 물결
작은 거품으로 숨방울 불어
꽃눈 파드득 화음 연주한다

깊이 알 수 없는 심장
여러 색깔 모아 펼친 수목들
새근새근 잠든다

물속에서 산은
커다란 토기 되고
가지들은
아장아장 사색 뻗는다

골짜기로 남은 산머리
그 품에서
양떼 구름 유유히 노닐고

윤슬은
그림자마저 품어 안고
반짝반짝 빛난다

누구나 호수를 품으면
다 내어 주고도 더 줄 거 없나
자꾸만 출렁이게 된다.

바람의 노래

가만히
생각의 여백 만진다
재잘거리는 풍경들이
불현듯 멈추어
어스름 숨결 내뿜는다

등불을 켠다
멍한 시선 거두어
어둠 속에서도 헤매지 않고

멀어진 그 길 굽이굽이
마음의 달빛 연주로
다시 시작하는 여행

영원히
돌아오지 않을 수도 있지만

돌담 한켠으로 흘러도 좋아
잠시 멈춰 돌아다봐
그땐 나래 빛났고
심장은 뜨거웠지

날 저무는 길목
아직도 저리 통통 뛰어다녀
아직도 못다 한 얘기 남았는지
아직도 듣고픈 노래 기다리는지

시든 잎새 사이로
소롯이 펼쳐진 꽃담 너머로.

꿈

부끄럼쟁이
펼치기도 전
자꾸만 작아진다

실타래 타고 이어지는
생각의 징검다리
그 끝은 어디인지

나래 살포시 접으면
종종걸음 마디 마디
맺히는 사색의 꽃방울

돌고 돌아
길에 들어서도
낯선 서걱거림에
알 수 없는 보랏빛 침묵

이 길밖에 길이 없나
자갈길 되물음에
두꺼워진 구름은
돌부리에 자꾸 넘어진다

그냥 놓아 줄까
끝나지 않는 주절거림에
끊어질 듯 흔들리는 뿌리

간신히 가지 하나 붙잡고
이리 비틀 저리 비틀
오물거린 숨결마다
아롱지는 잔상들

있는 그대로의
나와 마주하자
그래
넘어져도 다시 걸을 수 있어

차갑게 저미는
사각지대 끝
또로록
한 잎의 방울

아직은 여물지 못해
달그락거리지만
작은 꼬물거림
폴짝 길 위에 선다.

비 오는 날

쓱쓱싹싹 창 닦는다
창백한 구름이 떨군 눈물
사이 사이 문질러 말갛게

빗장 열어 말끔히
저벅저벅 휘청이는 상흔들
뾰족한 키 넘겨 투명하게
텅 빈 생각 말려 뽀얗게

이 비 그치면
앵둣빛 고운 날 스쳐 오겠지
푸석이던 높낮이도 방울방울
마주보며 방긋 웃겠지

들쭉 날쭉 마음의 돌기는
수시로 조율해야 하는
한 번으로 끝나지 않는
어쩌면 바람 같은 것

덜컹대는 벽 넘겨
누비어 오르고 올라
감싸 안는 넝쿨손

반짝반짝 나를 닦는다
젖은 마음 보송보송
빛날 때까지.

어떤 응시

여러 눈을 가진
사람은 모른다
내면에서 불어오는 향기를

이쪽 저쪽 눈치 살피느라
가슴 떨린 전율
만질 수 없다

이것 저것 키 재기 하다
정작 다 놓치고 만다

작은 눈물 한 방울에
함께 젖어 가는 것도

먼저 가려고
뒤엉켰던 바람 자락이
조곤하니 옷고름 여미는 것도.

4장
흐른다는 것

굽이쳐도 쉼 없이
마르지 않는 줄기
영근 자유
멈출 듯 이어진다.

천사의 나팔

그대여
구름이 머물기 전
나팔을 불어 주오
이제 그만 수줍음 접어
하얀 팔로 감싸 주오
오늘은 그대 긴 목에 기대고 싶소
떨리는 손 따스이 잡아 주오
스쳐간 날들 가다듬어
노란 꽃술로 쓴 편지이고 싶소
흘러간 시절 환한 울림으로
겸손 쓰다듬는 산들바람 되고 싶소
기다란 하루 팔랑이는 잎새
그 사이 내디디는 숨결로
달빛에 젖어들고 싶소
조금만 더 싱그런 나팔을 불어 주오
내가 잠들 때까지

그대여
달빛이 무릎에 앉기 전
나팔을 멈춰 주오
덜컹거린 베일은 이제 싫소
진한 향기에 아찔한 현기증
이제 도돌이표 지우려 하오
오늘은 그대 긴 팔을 뿌리치고 싶소
달콤함에 맺힌 슬픔
처음 몰랐듯이 다시 돌아가려 하오
조바심에 아팠던 꽃잎 이제 접으려 하오
아린 나래 몽글리거든 저 창문 닫아 주오
짙게 드리워도 덧없는 물그림자
여백으로 채우려 하오
이제 나팔을 멈춰 주오
마음샘에 예쁜 꽃물 넘칠 때까지.

어느 금붕어의 독백

원하지도 불러 달라고도 안했는데
슬그머니 찾아온 호칭
증조 할머니

세월이 입힌 새치 머리에
쑤욱 바람 지나가는 앞니
구불구불 잎맥 펼친 얼굴

지금 이곳은 어디인가
낯선 너는 누구니
흔들리는 꼬리 햇살에 말리다
투명한 세상 저울질한다

부화가 빠른 아이들이
처음엔 보송보송 하얗더니
어느새 볼터치 하고 쏘다닌다

사방이 뚫려 훤한데도
부끄러움도 모르남
비치는 옷 팔랑팔랑
춥지도 않나 봐 쯧쯧

할머니,
뭘 그렇게 봐요.

낯선 시선

바라보는 각도마다 다른
모호한 껍데기의 서늘한 잡음들
내려다보거나 올려다본다

낮은 응시에도
채도는 제 각각이지만
매와 독수리의 온도 차에
꼬깃거린 그 아래 땅은 검다

하늘하늘 흔들리는 그림자
어슴푸레한 걸음마
엉킨 두려움 저 너머 반짝인다

간극 흔드는 바람벽
살가운 채색구름 잇는
뭉긋한 등고선

허허로운 아집 항아리에
나래 달면
돌돌 말린 고사리에
꽃순 하나 돋아난다.

순간에서 영원까지

여름이 벗어 놓은 허물
녹음 끝에 앉아 있다
멀리 여행이라도 떠나려는 듯

반짝이는 꽃술에 누운 이슬
꽃잎에 얼굴 부비며
향기 참 곱다 되뇌인다

달팽이집
창가의 아이
배냇웃음 후루룩

누구나 가야만 하는
거부해도
갈 수밖에 없는 길

언제부턴가
자꾸만 거슬리는
멋적은 먼지

하루에도 수없이
허름한 여정이어도
선택할 수 있을까

어둠도 꽃밭도 환희도
둘둘 말아 올리다 늘어뜨리고
다시 힘 모아 감아 올린다

가던 길 놓친 늦매미
돌아치는 걸음 바쁘고
슬며시 다가오는 찬바람
낡은 그림자 하나 구부정히 걸치고 있다.

물 향기 아래

출렁이는 날이면
호수 두드린다
또드락 또드락
뽀오얀 물아지랑이 틈
할머니의 다듬이 소리

홀로 남은 밤
비집고 들어오는 찬바람
밤새 두드려대도
더이상 얇아질 기미 없는
외로움의 더께

빙빙 돌아 찾아가도
세월의 흔적이 홀로 일렁일 뿐
피어난 조각 구름
우르르 옥빛 파고들 뿐

다복다복 찰방대는 도리깨질
여물어 가는 모내기 소리
함께 뒤척이는 베틀의 호흡

돌방석 낡은 물굽이는
아직도 뱉어낼 줄 모른다
수면 아래 골짜기가 된 골목
구슬치던 다박머리의 한나절
수초의 춤사위로 굽이친다

저마다의 삶은
저리 꿈틀대는데
추억을 통째로 삼킨 호수
아무 일 없는 것처럼
멀뚱히 꿈뻑이고 있다

한 번도 드러내지 않는
바닥의 민낯
그대로 감싸 안은 채.

나의 반쪽

목마른 바다 채우러 간 빗방울
거기서 그만 녹아 버렸네
무더기로 돋는 사랑빛 파도는
밀려올 뿐 멈출 줄 모르고

그대 처음 만난 날
따스한 눈빛에 가을이 영글고
진초록 가슴은 단풍으로 물들었지
크림색 셔츠에 해맑간 그 미소
가녀린 떨림으로 불씨 하나 피웠지

푸른 초원에 우뚝 선 아름드리 나무
비바람 막아 주고 그늘 드리워 준
그 튼실한 가지에 예쁜 둥지 틀었지

가득 채운 별 이야기들
뜨거운 선율 타고
그대라는 강이 흐르고
다른 건 전혀 보이질 않았지
세상 중심엔 오로지 그대뿐

나래 감춘 천사
내 전부인 그대 바라본다
다 주고도 더 줄 거 없나 아쉬워하고
나보다 더 나를 아껴 주는 사람
휴일이면 도마 장단으로 아침 열고
모자란 글 품어 주는 내 유일한 독자

그대 향해 나풀거리는 풀꽃
다 품기엔 그릇이 너무 작아
그저 가만히 눈을 감는다.

꽃무릇

밤새 지저귀던 비바람 비껴
하늘 가장자리 지키고 선
마디 마디 기다란 그리움

더 이상
감추지 못해
가쁜 숨 뱉어낸다

접을 수도 만질 수도 없어
붉게 저민 입술
다가서는 법도
돌아설 길도 송두리째 잊어
먼 길 돌아
또 하루 기다림 깁는다

꽃엽서 띄우면 닿으려나
향기 나누면 느끼려나

점점이 불 밝혀도
휘어지는 뒷모습뿐
움츠린 바람만
온종일 뒤척이고 있다.

타이어 인생

닳기 위해 태어났나
흙탕길이건 자갈밭이든
모난 길 둥글게 살아온
수많은 날들

잎맥 굵게 내리 뻗어
푸른 계곡 깊던 손금
이젠 다 닳아 희미하다

낡았다고
곧 내팽개쳐질 운명일지라도
오늘 뱅글뱅글 질주한다
부르는 대로 밟는 대로
마다찮고 씽씽 달린다

까맣게 익은 얼굴
먼지로 희멀건해져도
구르고 또 구른다

도로는 놀이터
구르는 재주 하나로 버텨온 날들
그 질긴 세월

삐걱삐걱 온몸 아파와도
등 위에 피어난 함박꽃 향기에
팽팽하게 사랑 실어
달리고 또 달린다.

사랑

영혼의 무게 견디는 것
맑은 날 덮인 구름 두께로
흐린 날 다가올 햇살의 길이
튼실히 감아 올리는 것

진하다 연해지는 감정
모아진 호흡 깊숙이
온기 둥글려
수시로 농도 조절하는 것

딛을 때마다 기울임 좁혀
능선 마디 마디
빛 고운 잔디 올리는 것

눈 감아도 보는 것
초록향 너울대는 잎새에
잎맥 길게 뻗어
비바람 견딜 기둥 세우는 것

있는 그대로 바라보는 것
작은 눈맞춤에도
수많은 얘기 출렁이고
그 깊이로 언 마음 녹이는 것

흔들리는 그림자
따스이 품는 것
홀로 가시 박혀 아파할 때
뾰족한 가시 녹여 주는 것.

생각 그네

함께라고 줄어들까
외로움의 더께
홀로이면 맑아질까
흐트러진 상념

꿈빛 줄기
헤아릴 수 없어
진종일 잎새 여민다

빠져드는 배수관의 물처럼
원하지 않아도
자꾸만 밀려난다

발버둥치다
떨어질 땐
어떤 느낌일까

쏴아악
마지막 외침
무슨 음색일까

잔뿌리 많을수록
약이 된다는 도라지
굳은 흙 파고들어
하나씩 뽑을 때마다
하얗게 파랗게 새어진다

아침 해는
쑤욱 고개 내미는데
석양은 미련 뿜어
아직도 어루만지고 있다

맑았다 흐렸다 반복하는 일상
잠시도 그대로이질 못하는 건
수시로 표정 바꾸는
저 하늘 닮은 걸까.

흐른다는 것

마음 깊은 곳에
작은 강 하나 흐른다

쪽빛 가득 반짝이다
흩뿌리는 안개비

마음 졸인 지저귐에도
달콤한 이야기 출렁 출렁

금모래 고운 시간
멈칫거리는 바위틈에서도
쉼 없이 뒤척이고
수초 숲 태양은 금방 닿을 듯
은은히 반긴다

고즈넉이 다가온 따스함
가만히 조각배 밀어 주며
속삭인다

다 그만한 이유가 있을 거야
있는 그대로 바라 봐 주면 돼

굽이쳐도 쉼 없이
마르지 않는 줄기에
영근 자유 멈출 듯 이어진
불꽃의 미소
변함 없이 빛난다.

눈 편지

저릿한 가지 끝까지
쓸쓸함 짙은 날
밤새 저민 송이눈
소복소복 올린 사연

채 읽기도 전에 녹을지라도
무수한 설렘 영근 함박꽃
이젠 가벼워져 펄럭인다

고단한 손길
절절히 녹여
파닥이는 재 되어도
한 송이씩 꾹꾹 눌러 읽는다

솟구친 조각들
성급히 부풀어 오르고
넘치는 열망
마구 안겨 오지만

마지막 한마디
끝내 내뱉지 못해
뒤척이는 몸부림
꽁꽁 얼어 붙는다.

주전자

불꽃 세례 푸르게
절절이 달아오르다
동동거리는 열기

코 끝으로
쏴악 뿜으며
비명 내지른다

풀어헤친 가락
쿵쿵 찧어 가며
품위 있게
허기진 잔 채운다

흘러 넘치다
조아린
가슴 멍울들

겸손한 만큼 비워지고
비운 만큼 늘어난
컵의 마음

달구어지고 쪼그라들어도
금방 식는다는
쓴소리에도

팔팔 우려낸 온정
그저
아낌없이 내어줄 뿐.

배회 단상

헝클어진 생각의 시작과 끝
허우적대는 불협화음
어느 곳 헤매다
어느 곳 향하는지

아스라이 사그라져
이름 없는 시간의 밑둥
후두둑 뿌리쳐도
애써 부여잡는다

흩어지는 것들의
스멀거리는 외침
휩쓸다 잦아져도
몰래 훔치는 등뒤의 눈물

스며든 군말들
하나 둘
빈 껍데기로 튀어 오를 때
토닥토닥 다독이는 울림

사랑한다
우리 딸
보고 싶다
우리 딸

따스해지는 공기
발걸음은 벌써 달려 가고
비는
자꾸만 어머니를 부른다.

기다림

꽃다홍으로 번지다 사그라지는
가슴 시린 내음

밤새 이어 꼬고 또 꼬아도
끝나지 않는 줄

가쁜 속도 겨우 내려놓고
먼 산 품는 마법의 가루

마음대로 떨쳐낼 수도
그렇다고 펼칠 수도 없어

계절 내내 삐걱대도
결국 안아야만 하는 줄기

텅빈 가슴 색색이 채우면
그때서야 비로소 따스해지는 빛

내려놓고 고개 들면
고요의 여백 안겨 주는 끈

뒤뚱거리다 넘어져도
다시 일으켜 세우는 힘.

도마

뭉툭하게 닳은 끝동 타고
빛바랜 물결 치마 부여잡아
짝 잃은 나막신 딸각인 채
닿지 못한 시선 너머
묵묵히 자리 지킨다

몇 날 깎고 다듬어
시집 가던 날
건네주며 떨리던
아버지의 손길 그대로

파인 상처 견뎌온 몸부림
칼바람 받아낸 뚝심으로
젖은 손길 맞잡으며

깊게 드리운 주름
맞고 쪼여도 청아한 목소리
닿는 곳마다
색다른 울림으로 답하며

무디어져 둔탁한 몸집에
절뚝거리는 다리 짓물려도
한결같은 마음으로
제 역할 다해낸다.

아름다운 날

이토록 기쁜 날
연둣빛 가슴엔 그대라는 강이 흐르고
수없이 반짝이는 우리의 별 이야기들

그리움은 그대가 되고
설레임은 사랑이 되었어요

그대,
이제 외로워 말아요
우린 둘이 아니라 하나이니까요

그대는 나의 따스한 햇살 되고
나는 그대의 시원한 그늘 되어
우리 함께 가요

좋은 일은 햇살처럼 스미고
나쁜 일은 바람같이 날아갈 테니
지혜와 믿음으로
온화한 보금자리 만들어요

오늘은 축복의 날
모든 순간 그대를 사랑하게 하소서
영원토록 그대를 빛나게 하소서

그대는 내가 되고
나는 그대가 되어

오래 오래 행복하리
마지막까지 사랑하리.

가족

한여름 푹푹 찌는 무더위 가득 담아
짓궂은 뭉게구름 실개천 흘려보내
어머니 이마에 맺힌 구슬땀을 씻고파

추억의 개울물에 기도를 띄워 놓고
배고픔 달래 주던 소금밥 달게 삼킨
달동네 그 계단에도 고운 햇살 스민다

훈훈함 안겨 주는 단칸방 웃음소리
소나기 퍼부어도 못 넘던 보릿고개
할머니 수레바퀴는 해질녘도 구른다.

올챙이

물결이 밀어 주는 등걸에
꿈꾸는 햇살 싣고 꼬리 걸어
뒤뚱뒤뚱 나아간다

납작 엎드려 기다리다
거꾸로 가는 등대 되기도 하며
굵은 뻘 가르는 몸부림 커질수록
더 깊숙이 묻힌다

먹이 만나니 갑자기 거칠어진다
먼저 먹으려고 부딪히고
살갗 벗겨지고
허연 배 뒤집혀 번득인다

낚아채는 몸부림
얕은 물에서 더 크게 꿈틀댄다
헐떡이는 꼬리 불룩한 배
사라진 먹이 뒤로
언제 그랬냐는 듯
다시 고요 흐른다.

이만큼

넘치지도 넘쳐나도
딱 이만큼

이만큼
그대로 있어도 좋다

아침 햇살 부드럽게 비춰두
작은 바람이 종일 따라다녀도

넘치지도 부족하지도 않게
이만큼에서 웃는다.

이별

원치 않은 불꽃 세례에
타 버린 숨결
달콤한 바람의 위로에도
연기 같은 신음 소리 피운다

무리 지어 둥지 트는 해충
민둥머리 갉아먹는 저 외침들,
남루한 그림자 위로
풋풋했던 모습 쏟아진다

짓무른 화상의 흔적
보호림 깊은 곳까지 상흔은 뚜렷하고
깊을수록 조화롭던
굴참나무들
이젠 아무도 보이지 않는다

파고드는 매캐함 끝에서도
부산한 발자국들
매달아도
가슴은
또다시 설렌다.

억지로 그리지 않아도

앞서가는 자취 따라 가만 가만
겹겹이 오지 않아도
덧대어진 만남 물보라로 영근다.

환절기

저마다의 생각 그린 도화지에
펼치는 상상의 나래
아름다운 하모니로 이어져
햇살 고운 웃음꽃 돋아난다

따스한 마음들이
은초롱 불 밝히면
환한 웃음소리 피어나고

세찬 비바람에도 울려오는 가락
시간을 연주하는 음색 흔들어
잠든 나무 깨운다

두리번거린 마음 접어
고즈넉한 산사에 오를 때
돌탑에 쌓아 올린 저마다의 기도
능선 타고 흐른다

웅크러진 마음 달래는
바람이 달려와
풍경 소리 울리면
수련의 눈망울 소롯이 웃는다.

초대받지 못한 손님

원해서 일부러 온 건 아니야
거친 바람에 떠밀려 왔을 뿐
고향 떠나 가족과 헤어져
반기는 이 없는 낯선 곳 헤매다
남루한 걸음 잠시 쉬어 갈게

꽃을 시샘한 적 없어
가까이 다가가면
새순도 향기도 콜록콜록
미소 번지는 벚꽃도
겨울 건너온 수선화도
뻑뻑한 눈 꿈벅여 흩뿌리더군

벙그는 그네에 휘도는 마음
얼키설키 추억 누빈 정자에 눕다가
깔깔대는 웃음소리에도 앉아 보지만
채워지지 않는 이 휑한 가슴
반기는 이 없는 봇짐 풀곤 했지

기다리는 이 없는 뜨락에
맨발로 날아올라
나풀대는 수다로
잠시 시름 달래 보지만
따가운 눈총에 고개 숙이곤 해

누렇게 뜬 마디 마디
위로가 필요해
오늘도
허락도 구하지 않고
싸리꽃 위에 앉았다고
호되게 야단만 맞았어.

돌탑

비우고 바라보면
가까운 것도
멀리 있는 것도
서슴없이 안긴다

미끄러지는 마음길 접으려
애써 쌓아올린
가슴빛 울림

을씨년스런 날
모서리 밟은 응석둥이로
가슴 파도 잠재우려고

꽃바다 거닐다가
꿈배 타고 사운대는
고운 님 사랑 노래

다가와 나부대는 연민
어정어정 오를 때
문득 치솟는 보랏빛 그리움

돌치는 상흔 꼬옥 얼싸안아
매무새 곧게 세워
속울음 쏟아낸다

토닥토닥 다독이는 지평선
비운 만큼 채워지고
채운 만큼 비워지고 있다.

시평

문학박사 박 덕 은

한실문예창작 지도 교수
아프리카TV BJ
전 전남대학교 교수
동화작가 · 시인 · 화가
소설가 · 문학평론가

김희란 시인의 첫 시집 발간을 축하하며

김희란 시인은 백운산과 섬진강이 아름다운 전남 광양에서 아버지 김두홍 씨와 어머니 정옥분 씨 사이에서 2남 5녀 중 셋째 딸로 태어났다.

어린 시절 가을날이면 집 마당가 붉은 석류알이 미소 짓는 석류나무 아래 바위에 앉아 노는 걸 좋아했다. 키 큰 감나무에 올라앉아 멀리 노을을 바라보며 사색에 잠기기도 했다.

어려서부터 책 읽기를 좋아해서, 학교 도서부에서 봉사하며 수시로 책을 읽었다. 학교 도서관의 책들을 다 읽고 졸업하겠다는 결심을 할 정도로 책 욕심이 많았다. 그 중에서도 고전 읽기를 아주 좋아했다.

성격이 좋아, 자상한 부모님과 선생님의 칭찬과 사랑을 받았으며, 여러 백일장에서 수상하기도 했다.

하늘빛 닮은 아이들이 좋아서 36년째 교직에 봉사하고 있다.

28세 때 자상한 이상재 씨와 결혼하여, 슬하에 두 아들(이훈, 이석)을 두었다.

2009년에는 상담심리학 석사 학위를 취득했다.

2016년에는 초등학교 교장 발령을 받아, 이후 6년째 재직하고 있다.

아이들을 좋아해서 아이들과 함께 지내며 행복해 하고 있다.

2019년 월간지 [시사문단] 시 부문 신인문학상 수상으로 문단 데뷔를 했으며, 2019년에는 시낭송가 인증을 받았고, 2021년에는 시낭송 지도사가 되었다.

현재, 한실문예창작 회원, 광주광역시 문인협회 회원, 광주광역시 시인협회 회원, 세계문화예술연합회 부회장, 한국문학예술협회 회원으로 활동하고 있다.

수상으로는 과학기술부 장관상(2008), 교육감 표창 7회, 교육장 표창 2회, 교육공로상, 박덕은 전국 백일장 입상(2019), 제28회 용아 박용철 전국백일장 입상(2020), 제17회 전국 애송시 낭송대회 입상(2020), 제6회 UN평화모델광주선발대회 입상(2021), 아시아평화예술협회 주최 글로벌 명인대상(2021), 국민행복여울문학상 대상(2021), 국민행복 한글 문학상(2021), 사회복지문학 최우수상(2021), 제37호 사랑비 자유시 최우수상(2021), 남명문화제 시화문학상 포랜컬쳐상(2022) 등을 수상했다.

하루는 메모장에 이런 글을 남겨 놓았다.

"나는 훨훨 생각의 나래 펼치는 걸 좋아한다. 생각은 기록하지 않으면 금방 지나가 버린다. 마음속의 작은 울림들을 기록하다 보니 시가 되었다. 몰랐던 내 안의 작은 아이와의 만남은 나를 성장시킨다. 시를 읽으면 피가 맑아진다는 법정 스님 말씀처럼 시와 친구가 되다 보니 영혼이 맑아진 느낌이 든다. 틈틈이 시 낭송으로 울림이 있는 시를 전하며 재능 기부도 한다. 시는 나에게 아련히 그리운 어머니 같다. 늘 함께 있어도 목마르고 그리운 설렘이 사는 기다림, 바람꽃 향기에 여우는 싱그런 미소, 싸륵싸륵 마음을 두드리는 연인 같은 존재다."

자 그럼, 이제부터는 김희란 시인의 시 세계 속으로 산책을 떠나 보자.

햇귀 부챗살 펼쳐 든 날
무풍에도 깊숙이 팔랑이는 돛
추억의 강 거슬러 오른다

달콤한 시선
안개 품에서도 굽이쳐
수양버들 걷어 주는 손길
수줍은 물무늬 절절히 그려내
뒤뚱거리는 조각배

바람 솟구쳐
쉼 없이 퍼 올려도
송글송글 열려
통통 구르는 말들

물길 가르는 노
뜨거운 심장 마구 휘저어
발화되는 순간
억새향 실은 오두막 한 채
변주곡으로 달려온다

살포시 안기는 유성
멈춘 시간이 그려낸
한 무더기 별꽃들.
　　－「잊혀지는 것들」 전문

이 시에서의 시적 화자는 햇귀가 비춰 올 때 추억의 강을 거슬러 오르고 있다. 살다 보면 시간이 흐르면서 잊혀지는 것들이 있다. 하지만 시간 속의 추억은 조금씩 자라 언젠가는 내 앞에 생시 같은 모습으로 다시 돌아온다. 수많은 갈래길에서 떠돌다가 악착같이 돌아온다. 지워도 지울 수 없어 휘청거리는 걸음으로 내 앞에 다시 나타난다. 그게 그리움이든 아픔이든 상관없다. 느릿느릿한 걸음으로 때로는 쏜살같이 다가오는 환영으로 떠오르기에 눈을 감아도 보인다. 안타까움 가득한 그날이, 돌아가고 싶은 그 시절이 내 발목을 붙잡는다. 나는 그리움 많은 나에게 들켜 끝내 잊혀지는 것들을 고백해야 한다. 어찌 보면 우리는 잊혀지는 것들인 그 그리움으로 그 힘으로 살아가는지도 모른다. 이 시는 그런 아련한 추억들을 노래하고 있다. 추억 속에서 달콤한 시선, 수양버들 걷어 주는 손길, 물무늬에 조각배는 흔들거린다. '달콤한 시선'이라는 표현이 눈길을 끈다. 연인을 바라보는 그윽한 시선일까, 열정을 불태우는 꿈 많은 시선일까, 어떤 시선인지 알 수는 없지만 가슴을 뜨겁게 한 시선임에는 분명하다. 그 달콤한 시선에 수줍은 물무늬 그려지고 조각배는 흔들거린다. 시적 화자의 가슴에 파문이 인 것이다. 그리하여 '통통 구르는 말들'이 춤을 춘다. 그 순간 한 무더기의 별꽃이 피어나고 있다. 이 시는 잊혀진 것들을 이미지 구현으로 재생해내고 있다. 이미지와 만난 시적 형상화가 아주 자연스레 전개되고 있다.

길 잃은 바람 헹궈낸 여백 위로
노을이 떠가면
구멍 난 뜨락에 깜빡이는
저 울림

우지직
비명의 가파른 무게
언약의 하얀 푯말 되어 떠돌다
여울목에 겨우 자리잡은
긴 여운의 아린 숨결

지나가는 바람이 중얼거린다
깊은 수렁에도 길은 있고
둥근 달도 물속에서는 일그러진다고

기슭 끝에 헤매는 반추
다가설 수 없어
억센 팔 길게 뻗은 채
어정쩡한 걸음마로 한 걸음 한 걸음
생의 중심으로 나아간다.
　　　– 「질경이」 전문

　이 시에서의 시적 화자는 질경이를 섬세히 관찰하고 있
다. 질경이는 생명력이 매우 강해 차 바퀴나 사람의 발에
짓밟혀도 다시 살아난다. 질긴 목숨이라는 뜻에서 질경이
라는 이름이 유래되었다고 한다. 질경이도 생명인데 바퀴
에 짓밟혔을 때 얼마나 아팠을까. 시적 화자는 그 아픔을
'우지직/ 비명의 가파른 무게'라고 말하고 있다. 슬프지만
참 멋진 표현이다. 바퀴에 짓이겨지며 울음 울었을 그 서

러움이 느껴진다. 그럼에도 질경이는 그 아픔을 딛고 '언약의 하얀 풋말'이 되기 위해 일어선다. 그 일어섬이 쉽지만은 않았을 것이다. 제 몫의 서러움을 끝끝내 견디며 뜨거운 여름날을 건넜을 것이다. 짓밟혔던 날들이 어디 하루 이틀뿐이었겠는가. 깊이를 알 수 없는 바닥으로 떨어져 어둠 속에서 꿍꿍 앓았던 날들이 수없이 많았을 것이다. 그러던 어느 날, '깊은 수렁에도 길은 있고/ 둥근 달도 물속에서는 일그러진다'고 말하는 바람의 속삭임을 듣는다. 이 지점에서 시적 화자의 상상력이 돋보인다. 아픔 속에서도 바람의 말에 귀기울이는 질경이가 멋지다. 두려움과 공포 속에서 떨며 울었을 질경이는 용기를 내어, 한 걸음 한 걸음 생의 중심을 향해 나아간다. 이 시에서는 섬세한 이미지의 배치가 돋보인다. 낯설게 하기도 시적 형상화의 깊이에 관여하고 있다.

헐떡이는 만 개의 호흡
떨어질 걸 알면서도
다시 밀어 올린다

끌어올린 만큼
구르는 속도 빨라지고
시간을 놓아 버린 손
쿵쾅 쿵쾅
천둥 벼락을 친다

오르기만 하고
돌아보는 것은 잊어
굳어 가는 등가죽

고갯길 사각지대 끝을
맨발로 대롱대롱

뚝 뚝
떨어지는 아픔 방울에
말라가는 감각들
벗어나려는 생각마저
잊은 지 오래

저만치 나가 떨어지는
흐릿한 존재감
삐걱대도 늘 그래왔듯
다시 오른다.
　　- 「시지프스의 꿈」 전문

　이 시에서의 시적 화자는 시지프스의 꿈에 대해 다루고
있다. 시지프스는 언덕 정상에 이르면 바로 굴러 떨어지
는 무거운 돌을 다시 정상까지 계속 밀어 올리는 벌을 받
은 인간을 뜻한다. 한끼의 밥에 매여 사는 우리의 모습을
보는 것 같아 쓸쓸하다. 어머니는 자식의 한끼를 위해 평
생 흙에 의지했다. 호미질로 아침을 낳고 저녁을 불렀다.
깜깜한 어둠을 열어 흙꽃을 피우며 한끼의 밥상을 차리기
위해 평생 밭에서 살았다. 자식들의 한끼 밥에서 벗어날
수 없었던 어머니는 사는 게 얼마나 팍팍했을까. 시적 화
자는 그런 마음을 '헐떡이는 만 개의 호흡/ 떨어질 걸 알
면서도/ 다시 밀어 올린다'고 말하고 있다. 발목을 붙드
는 초라한 살림살이와 고단한 시집살이 그리고 한끼의 밥

이 '헐떡이는 만 개의 호흡'으로 다가와 마음이 아리다. 어머니는 늘 밥상에서 한 박자 느리게 수저를 들었다. 식구들이 남긴 반찬을 비우며 식사를 했다. 고생해서 차린 한끼의 밥은 너무나 쉽게 사라져, 어머니는 다시 흙에 의지해야 했다. 시적 화자는 그런 상황을 '끌어올린 만큼/ 구르는 속도 빨라지고/ 시간을 놓아 버린 손'이라고 말하고 있다. 어머니의 삶은 막막한 '고갯길 사각지대 끝을/ 맨발'로 걷는 것처럼 힘들었지만 다시 일어선다. 고단함이 팽배해 있는 삶의 공간을 들여다보는 것 같아 슬프지만, 그 고단함 속에서 자식들을 올곧게 키운 어머니를 만난 듯해 감사하다. 어머니만 시지프스의 꿈을 꾸었을까. 우리도 그 꿈을 꾸고 있는 것은 아닐까.

뭉툭하게 닳은 끝동 타고
빛바랜 물결 치마 부여잡아
짝 잃은 나막신 딸각인 채
닿지 못한 시선 너머
묵묵히 자리 지킨다

몇 날 깎고 다듬어
시집 가던 날
건네주며 떨리던
아버지의 손길 그대로

패인 상처 견뎌온 몸부림
칼바람 받아낸 뚝심으로
젖은 손길 맞잡으며

깊게 드리운 주름
맞고 쪼여도 청아한 목소리
닿는 곳마다
색다른 울림으로 답하며

무디어져 둔탁한 몸집에
절뚝거리는 다리 짓물려도
한결같은 마음으로
제 역할 다해낸다.
    －「도마」 전문

이 시에서의 시적 화자는 도마의 생에 대해 시적 형상화하고 있다. 가난한 집으로 딸을 시집 보내야 하는 아버지의 마음은 괴로웠을 것이다. 그 집에서 고생할 딸의 모습이 눈에 선하기에 가슴이 아팠을 것이다. 그런 마음을 시적 화자는 '시집 가던 날/ 건네주며 떨리던/ 아버지의 손길'이라고 말하고 있다. 아버지는 설레어 떨리는 게 아니라 걱정스러워 떨렸을 것이다. 그렇게 시집간 도마는 '패인 상처 견뎌온 몸부림'으로 한 달을 그리고 십 년을 버티었을 것이다. '칼바람 받아낸 뚝심으로' 가정을 지키며 한 아이의 어머니가 되어갔을 것이다. 그렇게 딸은 어머니로 성장하면서 '깊게 드리운 주름'이 '색다른 울림으로 답하며' 자신의 삶을 가꾸어 갔을 것이다. 나이가 들어도 어머니는 '무디어져 둔탁한 몸집에/ 절뚝거리는 다리 짓물려도/ 한결같은 마음으로' 어머니의 역할을 다했을 것이다. 이 시는 도마를 시적 형상화하면서도 한 여인의 삶을 오버랩시키고 있다. 한결같이 제 몫을 묵묵히 해내는 도마가 오늘따라 새삼 귀하게 여겨진다. 도마를 의인화하여, 역경을 견뎌내고, 자리잡아 가며 제 역할을 다하는 어머니의 인생을 그려내는 데 성공하고 있다. 문득 도마에 닿는 탁 탁 소리가 어머니의 말씀 같다.

사슴이 놀다 이은 하얀 실타래
바람꽃 향기 지펴
펼쳐 놓는다

돌탑의 그림자
땅 꺼짐마저 비켜서 쌓일 뿐
허물면 다시 제자리에

켜켜이 아롱진 눈길
햇살 삼킨 볼 앙다물어도
톡 터져 앞서고

까치노을 몸부림
수줍은 뿌리마다
주렁주렁

타오른 바람꽃으로
쓸어도 쓸어도
그대로 콩닥콩닥
어쩔 줄 몰라
치맛귀 여며
새초롬히

흔적마저 옹이에 꼬옥
노을진 산그림자 굵게 삼켜
돈을볕 함성으로 마구 달린다.
　－「사랑 고백」 전문

　이 시에서의 시적 화자는 사랑 고백의 특질을 이미지로
그려내고 있다. 사랑 고백은 두고두고 그윽한 울림이 되
어 먼 훗날까지 두근거리게 한다. 고백을 부추겼던 수많
은 밤들, 그 불면의 시간들이 매만져진다. 가슴 저 밑바
닥에서 출렁였던 설렘이 붉어진 뺨의 홍조로 꽃피어나 사
랑을 고백했을 것이다. 그렇게 숨겨진 입술은 제 언어를
되찾으며 고백했을 것이다. 시적 화자는 그 마음을 '사슴
이 놀다 이은 하얀 실타래/ 바람꽃 향기 지펴/ 펼쳐 놓는
다'고 말하고 있다. 아름다운 표현이다. 사랑 고백은 어
느 누구도 막을 수 없는 마음의 천기누설과 같다. 아무리
감정을 숨기고 도망가려 해도 갈 곳이 없다. 그런 마음을
시적 화자는 '햇살 삼킨 볼 앙다물어도/ 톡 터져 앞서고'
있다고 말하고 있다. 멋진 표현이다. 달콤함으로 선(禪)
에 들 수 있다면 그것은 사랑으로 충만한 설렘일 것이다.
얼마나 설레였으면 '타오른 바람꽃으로/ 쓸어도 쓸어도/
그대로 콩닥콩닥' 할까. 노을 진 산그림자 삼키고서 돈을
볕 함성으로 마구 달리는 사랑 고백이 황홀하다. 이 시는
시적 형상화가 아주 세련되어 있다. 감각 이미지의 입체
적 배치가 시를 한층 더 우아하게 보이도록 해주고 있다.

생각 없이
행선지도 모른 채 달린다
기다란 몸이 땅에 닿을수록
신비한 대지의 소리 듣는 뱀처럼
시간의 꼬리 칸칸이 싣고
얇은 헌책 한 권에 몸 맡긴 채

기다림의 깊이만큼 흐르다
긴 여백 위로 떠도는 열정의 길이
울림으로 전해지는 무수한 노래
싱싱한 흙내음으로 마음 헹구며

전율같이 미끄러지는 고요
소리 없는 노래로 잠들어
호흡 끝에 매달린 빗방울로

지나가는 풀잎이 소리친다
시간의 늪에 갇혔어
허우적댈수록 점점 빠져들 거야

언제든지 날아오를 수 있는 바람으로
굴레를 지워 버리고
지금 이 순간을
마음껏 호흡하고 싶어 떠나는 거야

굴곡진 산의 뜨거운 심장으로
출렁이는 강의 부드러움 적시어

들판 가르는 기적 소리 흩뿌려
단지 지금을 노래할 뿐

어제의 그 길이 오늘이 아니고
오늘의 구름이 내일이 아니듯
나를 만나러 달리는 거야.
　　－「기차」전문

　이 시에서의 시적 화자는 무조건 달린다. 기차는 열차
의 칸 수만큼 하고픈 말을 가슴에 담고 달린다. 무슨 말
을 하고 싶은 것일까. 내가 원하는 행선지에 대해 생각해
보자는 것일까. 아니면 그냥 달리는 것이 좋다는 것일까.
혹시 기차 소리에 환호하는 나무와 강물의 박수 소리를
듣고 싶다는 것일까. 무슨 말을 하고 싶은지 알 수 없는
기차는 '시간의 꼬리 칸칸이 싣고' 달린다. '시간의 꼬리'
라는 표현이 멋지다. 칸칸이 길게 이어진 객차를 뜻하기
도 하지만, 시간이 흘러감에 따라 성장하는 한 생애를 뜻
하기도 한다. 시간의 칸칸마다 세월의 흔적이 스며들었을
것이다. 덜컹거리는 다리를 건너며 휘청거렸던 몸, 터널
같은 서러움을 견뎌냈던 울음, 뜨겁고 차가운 생의 계절
을 건너며 멍들었던 아픔 등이 스며들었을 것이다. 그러
면서 시적 화자는 '긴 여백 위로 떠도는 열정의 길이/ 울
림으로 전해지는 무수한 노래'를 불렀을 것이다. 하지만
산다는 게 열정이 있다고 해서 해결되지 않기에, 어느 순
간 '시간의 늪'에 갇힌다. 허우적댈수록 점점 늪에 빠져들
어 몸살앓는다. 만남과 이별을 들락거리며 쓸쓸한 내일을
맛보고 씹고 내뱉으며 무너진다. 그러다가 어제의 그 길

이 오늘의 궤도가 아님을 깨닫는다. 이 지점에서 시적 화자는 나를 만나러 달릴 거라며 인생 방향을 다시 설정한다. 기차라는 매개체를 통해서 자아를 찾아가는 내면 세계를 이미지로 잘 포착해 놓고 있어, 멋지다.

저물어 가는 돌담 타고
고요의 꼬리 흔드는
백구의 선율

철지난 언약 켜켜이
어스름의 투명한 외침
빛바랜 거미줄에 덩그러니 걸린다

뜨락 가득
젖은 향기 들썩이던 날
나부끼듯 쓰러진 할아버지

끙끙대며 깨워도
붙잡을 수 없는 여운뿐

마른 장작은 널브러지고
다 가져가지 못한 옛 이야기들
휘저어도 줄지 않는 잡초처럼
노란 적막 헤집는다

손수 심은 배꽃
밑둥까지 다 쏟아낸 상흔

주인 잃은 햇살에도
벙글어지는 뽀얀 꽃등

멈춰 선 둥지
거꾸로 흐르는 툇마루
놓을 수도 붙잡을 수도 없어
무너진 담장 사이 누비는 추억

푸석이는 토방에
방울방울 연등 밝혀
멀뚱히 지키는
보랏빛 그 눈동자.
　　 ─「빈집」전문

　이 시에서의 시적 화자는 빈집에 대해 쓸쓸한 시선으로 그려놓고 있다. 할아버지가 떠난 빈집은 관절염을 앓듯 끙끙대는 바람 소리만 가득하다. 할아버지의 시간만큼 빈집도 늙어 허리가 굽은 처마끝이 축 처져 있다. 거동이 불편한 잡초들이 마당을 차지하고 있어 빈집은 스산하다. 그런 빈집을 시적 화자는 '마른 장작은 널브러지고/ 다 가져가지 못한 옛 이야기들/ 휘저어도 줄지 않는 잡초처럼/ 노란 적막 헤집는다'고 묘사하고 있다. 멋스런 표현이다. '노란 적막 헤집는다' 속에서 빈집의 쓸쓸함이 읽혀진다. 이제 빈집은 비가 와서 몸을 뒤척여도 아무도 신경 쓰지 않는다. 녹슨 구르마는 더 녹슬고 뒤꼍의 감나무는 외로워 감잎만 떨구고 있다. 저녁이 오면 어스름의 투명한 외침만 빛바랜 거미줄에 덩그러니 걸려 있다. 할아버

지가 쓰러지던 날 바람은 꿍꿍대며 할아버지를 깨워 보지
만 꿈쩍도 않는다. 돌아오지 않는 할아버지를 대신해 빈
집은 이제 할아버지의 배꽃을 돌본다. 배꽃이 멀리 있는
할아버지에게 문안 인사라도 드리려는 건지 뽀얀 꽃등으
로 벙글어진다. 하지만 툇마루는 할아버지와의 추억을 놓
을 수도 붙잡을 수도 없어 꾀죄죄한 몰골로 나앉아 있다.
빈집에 대한 시적 화자의 관찰력이 아주 뛰어나다. 그리
고 시어 배치도 군더더기 없이 깔끔하다.

땅 베고 누운 나무
등 뒤로 흐르는
급류 소리 들린다

뿌리도 이끼도 비켜
향하는 곳은
그 어디인가

번져 가는 잉크처럼
줄줄이 떠도는 꽃향
잠시 스칠 뿐인데

어느새 저만치
못다 한 마지막 이야기는
그 무엇인가

진정 흐르는 건
나뭇잎일까 강물일까
아님 너울대는 시간일까

창밖엔 아직도
새벽이 풀숲을 뛰어다니는데
멍한 종소리에도
종탑은 자꾸 곤두선다

찬연히 피어나는 아침
혼자 힘으로 온 듯
철없이 눈부시기만 하고

귀 열고 허리 등져도
땅의 노래 들리지 않아
공허한 약속인 줄 알면서도
조심스레 두드린다

잠시 머뭇거리다
살풋 마음끈 풀어내는 소리
바스락바스락
매 순간이 마지막인 듯
소곤소곤

가까이 있어도 느끼지 못하고
단비도 산들바람도
모두 지나쳐 버리는 아집

실체같이 무성한 향기는
찬연한 웅성거림에도
천둥 소리 향하여 늘 구부정하다.
　　　　　－ 「귀기울이면」 전문

이 시에서의 시적 화자는 귀기울이면 그제서야 들리고 보이는 것들을 시적 형상화로 펼쳐 놓고 있다. 이 시는 땅 위에 쓰러진 나무가 들여다본 세계를 그려 놓고 있다. 시인은 세상에 없는 시선으로 시적 대상을 들여다볼 줄 알아야 한다. 절망, 분노, 죽음 등의 추상적인 세계를 시인만의 독특한 시선으로 들여다볼 줄 알아야 한다. 그런 점에서 이 시는 독특하다. 죽음 저 너머의 세계를 들여다보면서 살아 있는 현재에 집중할 수 있으니까. 살아 있을 때는 손에 잡히는 꽃향이었을 텐데, 이제는 잠시 스치며 줄줄이 떠돌기만 한다. 만질 수도 가까이 할 수도 없는 꽃향이 사무치게 그립지만 어찌할 수 없다. 한때 시적 화자에게도 봄날이 열려 님의 목소리가 들렸을 것이다. 나비처럼 팔랑팔랑 다가오는 님의 발소리에 두근거렸을 것이다. 하지만 생을 마감한 시적 화자에게는 모든 눈이 감겨 보이지 않는다. 오직 생전의 기억으로 그리움의 손길을 불러와야 한다. 그런 그리움의 손길을 시적 화자는 '귀 열고 허리 등져도/ 땅의 노래 들리지 않아/ 공허한 약속인 줄 알면서도/ 조심스레 두드린다'고 말한다. 순식간에 허공으로 흩어질 '공허한 약속'이 안타깝기만 하다. 이제는 하루 속으로 흐르지도 젖지도 못하기에 아련한 적막만 감돈다. 이 시는 죽음 너머의 세계를 낯설게 하기의 표현 기법으로 돋보이게 한 작품이다.

밤새 지저귀던 비바람 비껴
하늘 가장자리 지키고 선
마디 마디 기다란 그리움

더 이상
감추지 못해
가쁜 숨 뱉어낸다

접을 수도 만질 수도 없어
붉게 저민 입술
다가서는 법도
돌아설 길도 송두리째 잊어
먼 길 돌아
또 하루 기다림 깁는다

꽃엽서 띄우면 닿으려나
향기 나누면 느끼려나

점점이 불 밝혀도
휘어지는 뒷모습뿐
움츠린 바람만
온종일 뒤척이고 있다.
  ―「꽃무릇」 전문

  이 시에서의 시적 화자는 꽃무릇의 존재를 다각도로 그
려놓고 있다. 천년을 한자리에서 기다리면 만나려나, 오
래된 미래를 손끝에서 피워 올리면 그 인연 맺어지려나,

소리도 없이 흐르는 울음이 뿌리를 내리고 있다. 그리움을 놓치 못해 가슴에 못을 치는 인연이 가느다란 꽃대를 피워 올리며 기다림의 옷을 짓고 있다. 시적 화자는 그 기다림을 '접을 수도 만질 수도 없어/ 붉게 저민 입술/ 다가서는 법도/ 돌아설 길도 송두리째 잊어/ 먼 길 돌아/ 또 하루 기다림 깁는다'고 말하고 있다. 기다림이 하루, 한 달, 일 년을 넘어서 끝도 없이 이어지는데도, 또 하루의 기다림을 깁고 있다. 지독한 기다림이다. 꽃무릇 피는 사연에 가을이 온통 글썽이는 이유를 알 것 같다. 기약 없는 만남 앞에서도 기다림은 이어져 그 기다림마저 숭고하다. 꽃대를 밀어 올리고 꽃을 피우는 기다림이 장엄한 의식처럼 느껴진다. 혹시 그리움에게 꽃엽서 띄우면 닿을 수 있으려나. 혹시 향기라도 서로 나누면 만날 수 있으려나. 시적 화자의 내면과는 달리, 움츠린 바람만 온종일 뒤척이고 있다. 꽃무릇을 통해 기다림, 그리움, 아픔 등이 다가와 마음이 아리다.

닳기 위해 태어났나
흙탕길이건 자갈밭이든
모난 길 둥글게 살아온
수많은 날들

잎맥 굵게 내리 뻗어
푸른 계곡 깊던 손금
이젠 다 닳아 희미하다

낡았다고
곧 내팽개쳐질 운명일지라도
오늘 뱅글뱅글 질주한다
부르는 대로 밟는 대로
마다잖고 씽씽 달린다

까맣게 익은 얼굴
흙먼지로 희멀건해져도
구르고 또 구른다

도로는 놀이터
구르는 재주 하나로 버텨온 날들
그 질긴 세월

삐걱삐걱 온몸 아파와도
등 위에 피어난 함박꽃 향기에
팽팽하게 사랑 실어
달리고 또 달린다.
　－「타이어 인생」 전문

　이 시에서의 시적 화자는 타이어의 생을 고스란히 드러
내고 있다. 무조건 달려야 자신의 존재를 입증할 수 있는
타이어, 급정거에 비명 소리 솟구쳐도 다시 달려야 하는
타이어. 마치 하루를 달리고 한 달을 달리고 내일을 또
달려야 하는 우리 모습 같다. 두려움에 마음 졸이다가도
길 위에 서면 무조건 달려야 한다. 처음에는 탄력이 붙은
둥근 바퀴로 힘든 길도 잘 달렸을 것이다. 그러다가 탄력

이 떨어지고 지문이 닳아 쉽게 상처 입었을 것이다. 그런 상황을 시적 화자는 '잎맥 굵게 내리 뻗어/ 푸른 계곡 깊던 손금/ 이젠 다 닳아 희미하다'고 말하고 있다. 닳아 희미해진 삶이지만 주저앉을 수 없기에 다시 일어나 달린다. '흙먼지로 희멀건해져도/ 구르고' 또 구른다. 좌절과 아픔을 딛고 일어서는 모습을 보는 것 같아 마음이 뭉클하다. 매 순간 전력을 다하여 산 어느 인생을 만난 듯하여 문득 숙연해진다. 날마다 달려야 했던 그 질긴 세월이 얼마나 고달팠을까. 아픈 몸으로 그 모든 것을 싣고 달리고 또 달린 타이어. 그 인생이 숨가쁘게 그려져 있어, 눈길을 끈다. 생의 방향과 깃발까지 꽂아놓고 있어 더 멋지다.

지금까지 살펴본 바와 같이, 김희란 시인은 보다 철저히 시의 특질에 다가가 시 창작하고 있다.

무엇보다도 시어 배치의 정갈함이 돋보인다. 군더더기 없이, 시어 중첩이 없이 깔끔하게 처리되는 시어 배치가 감탄을 자아낸다. 리듬감도 물 흐르듯 흘러가, 시 낭송에 좋은 자유시를 선보이고 있다.

또한, 이미지 구현이 맛깔스럽다. 감각 이미지들을 입체적으로 배치하고, 때로는 공감각으로 시어들의 그림을 그려나간다. 쉬운 시어들이지만, 그들이 빚어내는 이미저리는 아주 다채로운 입체감을 구축하고 있다.

그리고, 낯설게 하기가 배경을 이루고 있다. 사물을 평이하게보다는 새로운 각도로 새로운 시선으로 새로운 안목으로 해석하여, 신선하고 싱그러운 시상을 펼쳐 놓고 있다. 그때 빛을 발하는 새로운 해석은 연신 감탄을 자아내고 감동을 이끌어낸다.

뿐만 아니라, 시적 형상화 속에 빚어놓은 인생의 의미,

세계관이 주는 감동의 전율이 사색의 공간으로 이끌고 간다. 이때 맛보는 삶의 의미 방울이 행복의 동산으로 안내하고 있는 듯하여, 흐뭇하다.

이러한 시의 특질을 두루 갖추고 있는 김희란의 시 세계가 앞으로도 줄기차게 뻗어나가, 제2, 제3의 시집으로 빛을 보게 되길 소망해 본다. 여생 동안 창작하게 될 수많은 시들이 아름답게 열매 맺게 되길 바란다. 시 쓰고, 시집 발간하며, 살아가는 인생이 얼마나 아름다운지, 우리뿐만 아니라 많은 이들이 알았으면 좋겠다.

– 가을날 빛나는 은행나무 오솔길을 걸으며
한실문예창작 지도 교수 박덕은 작가

(문학박사, 전 전남대학교 교수, 문학평론가, 시인, 수필가, 소설가, 동화작가, 사진작가, 화가)

역지로 그리지 않아도
김희란 시집

인쇄	2022년 11월 1일
발행	2022년 11월 7일

지은이	김희란
디자인	그린출판기획
표지캘리	정순애

펴낸곳   그린출판기획
출판등록 2008년 3월 25일 제 359-2008-000072호
주소   광주광역시 동구 백서로117번길 3-1
이메일   auto4154@naver.com

구입문의 수평선 김희란 작가
(H.P : 010-8965-9880)

ISBN   978-89-93230-44-4